掌中書
033

看懂蘇東坡嶺南詩文【上】

林嘉雯——著

五南圖書出版公司印行

學識新知・與眾共享

——單手可握，處處可讀

「眞正高明的人，就是能夠藉助別人智慧，來使自己不受蒙蔽。」蘇格拉底如是說。二千多年後培根更從積極面，點出「知識就是力量」。擁有知識，掌握世界，海闊天空！

可是：浩繁的長篇宏論，時間碎零，終不能卒讀。

或是：焠出的鏗鏘句句，字少不成書，只好窖藏。

於是：古有「巾箱本」，近有「袖珍書」。「巾箱」早成古代遺物；時下崇尚短露，已無「袖」可藏「珍」。

面對：微型資訊的浪潮中，唯獨「指掌」可用。一書在手，處處可讀。這就是「掌中書」的催生劑。極簡閱讀，走著瞧！

輯入：盡是學者專家的眞知灼見，時代的新知，兼及生活的智慧。

希望：爲知識分子、愛智大眾提供具有研閱價值的精心之作。在業餘飯後，舟車之間，感悟專家的智慧，享受閱讀的愉悅，提升自己的文化素養。

五南：願你在悠雅閒適中……

慢慢讀，細細想

「掌中書系列」出版例言

一　本系列之出版，旨在為廣大的知識分子、愛智大眾，提供知識類的小品，滿足所有的求知慾，使生活更加便利充實，並提升個人的一般素養。

二　本系列含括知識的各個層面，生活的方方面面。生活的、人文的、社科的、藝術的，以至於科普的、實務的，只要能傳揚知識、增廣見聞，足以提升生活品味、個人素養的，均輯列其中。

三　本系列各書內容著重知識性、實務性，兼及泛眾性、可讀性；避免過於深奧，以適合一般知識分子閱讀的為主。至於純學術性的、研究性的讀本，則不在本系列之內。自著或翻譯均宜。

四　本系列各書內容，力求言簡意賅、凝鍊有力。十萬字不再多，五萬字不嫌少。

五　爲求閱讀方便，本系列採單手可握的小開本。在快速生活節奏中，提供一份「單手可握，處處可讀」的袖珍版、口袋書。

六　本系列園地公開，人人可耕耘，歡迎知識菁英參與，提供智慧結晶，與眾共享。

叢書主編

二〇二三年一月一日

序

蘇東坡的眞實人生是傳奇的，文學成就是璀璨的。常聽說東坡的詩難解，在此試著解解看。或可抛磚引玉。

想看懂東坡的詩，離不開東坡的歷史。本書首章，概述東坡之所以貶謫嶺南的前情提要。自第二章起，順著東坡的人生軌跡展開其詩文的解析，以東坡歷史爲骨幹脈絡，文學爲血肉，細品他錦心繡口的文字所承載的厚度與蘊藏的奧祕。

蘇東坡是個愈老愈有魅力的人，他的魅力不在於精緻，而在於心態。特別是他在嶺南時期的創作，不同於早年奇麗脫俗的作品，生活的困頓提煉了他堅毅與質樸的一面。作品更人間，有些地方還帶有泥土的味道，還帶有返樸歸眞的芬芳與甘甜。他讓世人看見，即使在生命的低谷，也能活出精彩，在物質以外，也有許多寶藏，諸如閒情、友情、學識、創作發想……只要不被苦難打倒，苦難便可以滋養得人生更臻圓滿。

最後，要感謝五南出版社黃文瓊副總編輯的慷慨邀稿與耐心包容，竟然勇於讓草莽的素人有寫書的機會。還要感謝行天宮社會大學前主任李慶輝長者的提攜，以及好友芳修協助校對，與提供諸多意見。春來花發，都是眾多因緣的成全。無限感恩。

林嘉雯

目錄

第二章　從天之涯貶謫海之角

第一章 遠謫嶺南的主因

話說從前，宋神宗末年，有意起用貶謫黃州的東坡，調東坡爲汝州團練副使。汝州雖然就近京城，但團練副使仍是有名無實，沒有俸祿可以餬口的散官。從黃州離開，前往汝州的東坡，心裡很猶豫，一路遷延，上任之路走了一年還沒走到。走到陳州，已經就近京城了，東坡卻上書給皇帝說，因爲路費不夠，希望皇帝能放他回常州，常州他有土地可以就食。與其說東坡是無心仕途，這更像是一種試探，因爲走了這麼久，回常州的路實際上已經比上汝州更遠了。但沒有想到神宗竟然准了！神宗這時已病重，無力再挽留東坡，而東坡則以爲從此功名無望，可以安心頤養天年了，於是寫下〈滿庭芳・恩放歸陽羨〉：「**空回首，彈鋏悲歌**」、「**應爛汝腰下長柯**」，打算從此歸隱田園。

不久，神宗皇帝在東坡回常州的路上便駕崩了。

一、東坡與帝王的師徒情深

元豐八年，宋哲宗繼位，隔年改元「元祐」。一登基即重點起用蘇東坡，先是調他到登州做太守，旋即再調他回京。五十歲的東坡，從偏鄉的閒吏到皇帝的近臣（翰林學士知制誥），十五個月之內，飛躍了十一個官階。天恩不斷，讓東坡直呼承受不了：「躐眾驟遷，非次之陞，既難以處，不試而用，尤非所安！」從此開啓東坡在元祐年間大約十年的飛黃騰達。

哲宗初年，東坡在京城，既是重臣，又是帝王師。哲宗皇帝九歲登基，小學生年紀就成了孤家寡人，在眾星拱月之下，高處不勝寒的小小童心，既空虛又寂寞。而東坡是師如父的偉岸身影，這時成了小小帝王的心靈依靠。《宋史》說：「常鎖宿禁中，召見便殿。」東坡常常被留宿在皇宮裡，就近寢殿，小皇帝隨時都想召見他。並且小皇帝喜歡著東坡喜歡的人，討厭著東坡不欣賞的人。東坡推薦的官員，一律都用；東坡不喜歡的人，小皇帝就不給他好臉色，例如程頤。

小皇帝上課的地方是邇英殿，在邇英殿裡，東坡的教誨，小皇帝很上心。下課後，還會隨身攜帶著東坡的奏章，親手做目錄，製成一旋風冊子，時時翻閱，儼然是東坡的小迷弟。閒暇時，東坡曾牽著小皇帝的手看戲，看到戲臺上的演員戴著和東坡同款的帽子時，小皇帝握緊了東坡的大手，笑著轉頭望向東坡，師生兩人相視一笑。小皇帝的孺慕之情，溢於言表。

「獨坐黃昏誰是伴，紫薇花對紫薇郎」，是哲宗皇帝對東坡的深情告白。

唐玄宗曾改中書省爲紫薇省。東坡在回京不久即任中書舍人，故可稱東坡爲紫薇郎。一日，東坡講罷《論語》，小皇帝賜宴之餘，還遣使給東坡送來了御筆親書抄下來的一首詩：**「絲綸閣下文章靜，鐘**

鼓樓中刻漏長。獨坐黃昏誰是伴，紫薇花對紫薇郎。」意思是，在這寂寞深宮裡，誰能安慰我的孤單與寂寞？只有你蘇東坡，只有對著你的時候，是唯一能讓我感到溫暖與寬慰的時候。

然而京城的高官厚祿沒能留住東坡長久，四年後，東坡因爲受不了同僚的各種毀謗與攻擊，百辯之餘，連上辭呈，希望能遠離朝廷的喧鬧，到地方上做官。小皇帝是不願意東坡走的，但垂簾聽政的太皇太后准了。東坡以龍圖閣大學士的貴重身分到兩浙地區當大元帥兼任杭州知州。

東坡離開後，小皇帝重懲了曾經上書彈劾東坡的一應官員，並差人祕密給東坡送去私房團茶，他知道自己的老師有多愛茶。並伺機再召東坡回京。

東坡再回京城，皇帝已是少年，對東坡的愛依然無以復加，而言官們對東坡的妄加指責依然前仆後繼。這回少年皇帝出手很快，凡是彈劾東坡的，都很快受到處罰與貶謫。然而儘管太皇太后與皇帝如此迴護，還是留不住東坡那嚮往江湖的心，東坡再次地連番上書，請求外調。太皇太后最終還是允了他。當東坡又如願以償，得以離開京城時，收到少年皇帝濡淚的詔書寫道：「**不爲朕留！**」（你就是不肯爲我留下來！）

東坡捧書感傷：「**伏讀訓辭，有『不爲朕留』之語，殊施難報，危涕自零。**」但東坡樂愛自由的底色難改，仍然捨離帝鄉，遠走他鄉。

二、因愛生恨的聖心

元祐末年，第三度回京的東坡，是爲了幫成年的皇帝主辦婚禮。少年皇帝成年了，東坡在元宵佳節寫下：「**侍臣鵠立通明殿，一朵紅雲捧玉皇。**」即將親政的皇帝，這時如同一輪才捧出的明月，已有天子之威，東坡的師心甚慰，更覺得可以功成身退。

這次回京，皇室對東坡的榮寵依然不斷，同僚對東坡的彈劾仍然不少，京畿重地終究還是挽留不住東坡漂泊的心。在皇帝的婚禮過後，一年之內，東坡九狀九辭，還是執意離京。在官場混跡大半輩子的東坡，關於政治鬥爭，仍然是個小白，毫無機心（「**誰似東坡老，白首忘機？**」）一心以爲只要不佔著那個位高權重的靶心，便可遠離無謂的毀謗與攻擊。沒曾想，朝廷的風言風語從來沒有斷過，只有聖心所向最重要，一旦失去聖心的庇護，誰吹一口氣都足以讓他翻船。

雖則東坡也曾誠誠懇懇的上書皇帝說，他在地方上能爲百姓做更多的實事，但皇帝的心意是不允許東坡再走的。然而病危的太皇太后卻再次如了東坡的願，派遣東坡到最北的邊疆去當大元帥，從黃河以北直抵與遼國交接的邊境，都交給東坡統轄，並兼任**定州（中山府）**知州。

這回東坡要辭別京城時，皇帝不肯見他。並且表示，要走快走，地方上多的是等你的人呢！

東坡因此上書皇帝：**「祖宗之法，邊帥當上殿面辭，而陛下**

獨以『迎接人眾』爲詞，降旨拒臣，此何義也？」東坡當了大半輩子的官，卻聽不出來皇帝這是賭氣的挖苦，還諄諄誨君道：「迎接人眾，不過更支十日糧，有何不可？」殊不知，天子之怒，已埋下禍因。竟應了東坡在元宵寫下的詩讖：「九衢人散月紛紛。」滿街的燈火終是映照著曲罷人散，從此相見難。

對東坡而言，只要人長久，千里可以共嬋娟；只要彼此有心，天涯若比鄰。但對皇帝而言，是自己的孺慕之情一再被無視，從「獨坐**黃昏誰是伴，紫薇花對紫薇郎**」開始，皇帝能爲東坡做的都做了，一再嚴懲彈劾東坡的官吏，一心迴護東坡周全，但東坡終究是「不爲朕留」！

這回天子的態度，讓東坡有了不好的預感，於是他遣散家中僕傭，帶著疑惑與不安的預感，前往河北定州上任。在給弟弟的別詩中說：**「今年中山去，白首歸無期。」**又成了詩讖。

哲宗皇帝從最愛東坡，到最恨東坡，這是深宮之中成長的苦澀。愛人有求不得苦，被愛則不由自主。所以佛經說：**「由愛故生恨，由愛故生憂。」**愛比恨更無常，愛太脆弱，比偏見脆弱得多。從東坡貶謫嶺南的故事，可以看到君臣之愛便是如此。而其他情愛，何嘗不是？大起往往會迎來大落。

第二章　從天之涯貶謫海之角

東坡就任河北定州時，已是冬天，冰天雪地裡，將軍帳內，東坡兢兢業業，著手整頓軍務與地方政務。有詩爲證：「**玉帳夜談霜月苦，鐵騎曉出冰河裂。**」

半年的時間，東坡將頹壞憊懶的邊防整頓得軍威大振，當地的百姓讚歎說：「**自韓魏公去，不見此禮至今矣。**」（自韓琦離開後，直到今日才再見閱兵的軍容威儀。）就在這樣有功無過的情況下，東坡被欲加之罪的一紙詔書，打跌在地。紹聖元年閏四月初三，告下定州，東坡以曾經「**語涉譏訕**」，「**落職知英州**」。

英州位於廣東。唐代韓愈也曾被貶廣東，韓愈在接到詔書時，很悲痛的給皇帝上書說：「**懷痛窮天，死不閉目。**」而東坡被自己一手栽培的學生，反手從最冷的北方，調往最熱的南方，從最北的邊疆貶到最南的邊地去。東坡又是怎麼上書皇帝呢？他含著血淚，淡定的下筆：「**累歲寵榮，固已太過。此時竄責，誠所宜然。瘴癘炎陬，去若清涼之地。**」過去多年，享福太過，是我活該，現在下臺，平衡而已。此去，再火熱的地獄，我也要當成清涼的淨土。（或許有權力的人，未必是強大的那一方，能坦然無懼，接受無常變化的，才是眞正強大。）

十天後，又收到詔書，東坡再降一級。

東坡貶謫嶺南，向來被認爲是章惇的動作，然而此時章惇尚未返京拜相，所以章惇雖然對東坡懷憤，但報復還沒開始。向皇帝吹耳邊風的小人從來都有，這些風從來也沒有停過，是恩是罰，取決於皇帝的聖心獨斷而已。

一、太行山的注目

東坡從定州南行一百多里，眼前一亮，天氣清澈，晴空萬里，清楚看見了太行山岡巒北走，崖谷秀傑，這是當初東坡深冬赴定州時，礙於風埃沒能見到的景象。於是東坡樂觀的認爲：**「吾南遷其速返乎，退之衡山之祥也！」**我應該很快就能回到中原了吧，這就像韓愈在衡山遇到天晴所代表的吉祥啊！

唐代韓愈曾在路過衡山時，天陰轉天晴，繼而占卜得到上上籤，從而寫下〈謁衡嶽詩〉：「仰見突兀撐青空……云此最吉餘難同。」東坡因此認爲晴朗的太行山同樣也給了自己一個好徵兆，於是寫下〈臨城道中作〉：

「逐客何人著眼看，太行千里送征鞍。」是誰在看著我這個被放逐的老人，是太行山在看著我，太行千里蜿蜒，爲我送行到遠方，送我踏上那未知的征途。

「未應愚谷能留柳，可獨衡山解識韓。」

「愚谷」是《說苑》裡的一個故事。

有一天齊桓公打獵，追一頭鹿到一座山谷，看見一個老人家，問老人家說，這是什麼谷？

老人家說：「這是愚公之谷。」

桓公問：「爲什麼取這樣的名字？」

老人家說：「愚公是我的名字。」

桓公說：「你看起來不蠢，爲什麼叫愚公？」

老人家娓娓道來：「我本來是養牛的人，我的牛生了小牛，小牛長大了，我賣牛，買了一匹馬。有個年輕力壯的少年看到我的馬，說『牛不能生馬，馬不是你的』，就把我的馬牽走了。鄰居聽到這件事，都認爲我是個蠢人，於是就把我住的這個山谷叫做愚公之谷。」

桓公聽了也說，那你眞的是很蠢，幹嘛給他呢？然後就回宮了。

隔天早朝的時候，桓公把這個際遇告訴管仲。

管仲聽了卻說，蠢的人其實是我這個執政的首相！如果我有本事讓國君有堯的聖明，讓法官有皋陶的嚴明，又怎麼會有人敢在光天化日之下搶老人的馬呢？就算有人要搶，老人家也不會給。老人是不敢反抗，也知道告官沒有用，知道官僚不會爲他主持公道，所以才不敢掙扎。眞正該好好檢討的，是執政的我們。

東坡在這裡提到愚谷的典故，可能隱約在暗示著，對於貶謫，自己毫不掙扎，毫不辯白，是因爲訟事不公，辯了也無用。

「**未應愚谷能留柳**」，「柳」是指柳宗元。柳宗元謫永州時，自稱「**以愚觸罪**」，將當地的冉溪改爲「**愚溪**」，但不久柳宗元便被調回京城。所以「**未應愚谷能留柳**」的意思是，不像愚公永遠住在愚谷裡，愚溪並不能留住柳宗元。我也不會一直留在謫地嶺南吧！

「可獨衡山解識韓」，就像只有衡山理解韓愈一樣，太行山也是懂我的。

於是東坡就滿含著希望，在晴朗的天空與太行山的注目之下，策馬南行。

二、湯陰市的風餐

東坡有部屬軍官，從河北中山府一路相送來到湯陰市。夜來，寄宿荒野一小旅店，天明即要相別。晨起一行人在旅店便餐，吃的是豌豆大麥粥。東坡看看豌豆的顏色太暗，便知道去年秋雨下太多，再看看大地上一片乾旱，知道現下又缺雨了，種麥的人都餓瘦了。至此，東坡還是習慣性的關心民生，從一碗粥就看到了湯陰市百姓生活的不容易，觸目所及，看的還是人民的苦難。所以有詩：**「朔野方赤地，河堧但黃塵。秋霖暗豆漆，夏旱臞麥人。」**

再看看三個兒子艱難吃食的樣子，想來十年裡已經習慣了錦衣玉食，已不習慣粗食。然而野外逆旅，要有這餐飽食已不容易，有得吃的，都很珍貴：**「逆旅唱晨粥，行庖得時珍。青斑照七箸，脆響鳴牙齦。」**雖然碗豆大麥煮得太生，咬得牙疼。

「玉食謝故吏，風餐便逐臣。」這麼簡單樸拙的早餐，被東坡稱爲玉食，因爲這頓早餐是舊部下買的單。而對於被放逐中的一家人，吃這樣的簡餐正是剛剛好而已。

「漂零竟何適，浩蕩寄此身。」東坡不知道最後將漂零到哪裡，然而不管到哪裡，天地之大，都只是暫時寄身而已。人生很短，再苦，咬咬牙就過去了。

「爭勸加餐食，實無負吏民。」就一碗寡淡的豆粥，大家互相鼓勵要多吃一點。東坡說因爲我們問心無愧，沒有對不起誰，沒必要吃不下。東坡是個美食家，但他什麼都吃得下，因爲心量大，所以彈性非常大。《入菩薩行》也說：「不宜太嬌弱，若嬌反增苦。」

唐代杜甫在旅居四川時，望著北飛的大雁，曾經感傷的說：「**東來萬里客，亂定幾年歸？**」東坡則寄望於文官的三年一調，期許著最多三年，就可以調回中原了。所以說「**何當萬里客，歸及三年新？**」三年後，我們就從萬里之外回來了，到時景物尚是依舊吧？

這首〈過湯陰市豌豆大麥粥示三兒子〉全篇不用典，相當白話，應是考慮到「故吏」是個武官，文化有限。雖然詩題是寫示三兒子，但這首詩應該就是寫給遠送自己一家來到湯陰的「故吏」，只因自己是帶罪之身，恐怕連累他人，所以全詩不提這位昔日部屬的名字，以「故吏」一詞帶過。

東坡才剛安慰著家人，只要忍耐三年就回中原了。隨即又收到新的通告說：「合敘復日不得與敘，仍知英州。」合敘日是按資歷商討升遷的日子，「不得與敘」意思是以後將不再按資歷升遷。在這困頓的旅途與接連壞消息的打擊之下，東坡一家繼續南行。

北宋時期，湯陰市在黃河之北。過了相州湯陰，才面臨黃河。（後來黃河改道，湯陰市現在在黃河之南。）

三、渡黃河的隱喻

過了湯陰市，來到黃河邊。在渡黃河時，東坡寫了一首通篇典故，隱晦難懂的七言律詩。

活活何人見混茫？崑崙氣脈本來黃？
濁流若解汙清濟，驚浪應須動太行。
帝假一源神禹跡；世流三患梗堯鄉。
靈槎果有仙家事，試問青天路短長？

車隊還沒到黃河，遠遠就聽到活活水聲，然後一片混沌茫然的大水漸漸出現於眼前。要坐小船通過這樣浩瀚而茫然的黃河水，除了壯觀之外，是否也有對前途茫茫一無所知的惆悵與不安呢？以至於東坡在詩的開頭即提出兩個問題：「**活活何人見混茫？崑崙氣脈本來黃？**」

是誰在這裡聽黃河的聲勢浩大？是誰在這裡看見混沌的一片茫然？這黃河水從崑崙的源流就是這麼黃濁的嗎？《爾雅》說：「**河出崑崙虛，色白；所渠并千七百，一川色黃。**」原來黃河源頭本自清白，沿流納了一千七百川，才變黃的。所謂「**在山泉水清，出山泉水濁。**」黃河本來不黃，是一路被許多支流給染黃的。

東坡這無疑是在問，貶謫我是皇帝自己的意思嗎？應是被多少人吹了多少耳邊風給影響的吧！

沿著黃河溯流而上，會和濟水交界而過。濟水是北宋另一條獨立入海的河流，在濟水和黃河的交界處，可以清楚的看見濟水流來時清澈，與黃河接壤後便混濁了。

「濁流若解汙清濟，驚浪應須動太行。」「若解」兩字，是一種寬容精神。東坡認為構陷自己的人並不理解自己在做什麼。濁流如果知道自己是如何在傷人清白的，應該會震驚到寧可去愚公移山，也不會願意這麼幹的。（傳說中太行山便是愚公所要移的一座山。）

別以為汙衊別人是小事，涓涓細流，都有可能匯成滔天黃河，從因果來看，無端抹黑善人將來要付出的代價會更大。所以東坡相信，那些傷害抹黑他的人，並不了解自己的行為。無知最為可悲。

「帝假一源神禹跡」：舜帝派大禹治理黃河，大禹治水有功，足跡踏遍天下，將天下劃爲九州，九州就此成了中國的疆城。

舜帝藉著大禹治水，使大禹的足跡成爲神蹟。喻意著今天哲宗皇帝貶謫我到嶺南，大約也是天意要讓我有機會走遍天下吧！之前東坡寫過一句詩：**「身行萬里半天下」**，而現在有機會要走遍整個天下了，或許這是上天有意要圓滿我的見識吧！

「世流三患梗堯鄉。」這個隱喻需要層層剝解，才能明白東坡的意思。

在《莊子．天地》中有個小故事說，上古堯帝作爲天下共主，在巡視華地時，封地在華的人祝福堯帝：「壽、富、多男子」，但堯帝說這些他都不要，因爲：**「多男子則多懼，富則多事，壽則多辱。是**

三者，非所以養德也，故辭。」封人則說堯帝這是想太多，只能當君子，不能當聖人。因為天生萬民，自有其用，「何懼之有？」，財富多，就分給別人，「何事之有？」聖人「千歲厭世，去而上仙，乘彼白雲，至於帝鄉。三患莫至，身常無殃，則何辱之有！」

堯帝所憂慮的世間三患是「多懼、多事與多辱」。而封人所說的三患是世壽的三患：老、病與死，但這些憂患，在帝鄉都沒有。封人所說的帝鄉，是指仙鄉，天堂。

東坡說：「世流三患梗堯鄉」。堯鄉，在東坡詩裡有兩個指向，一個是比喻哲宗皇帝所在的京城，一個比喻是東坡的故鄉四川。

多事、多懼與多辱，是這三個價值觀阻礙了東坡留在哲宗皇帝的身邊。而東坡又預估大約會老、病、死在外地，再也回不了故鄉四川了。東坡一生的理想是，不負皇帝的信任與恩德，為天下百姓立功、立德，而向來的夢想是回故鄉四川。但現實的景況是，既失去皇帝的聖心，對天下事再無能為力，而這輩子也回不了故鄉了。理想與夢想，兩邊都靠不了岸。此時漂蕩在黃河上一葉扁舟的東坡，心情像放眼望去的黃河水一樣，是混沌而茫然的。

「靈槎果有仙家事，試問青天路短長？」

「靈槎」是能乘往天河的船筏。傳說中，漢武帝曾派遣張騫尋找黃河的源頭，張騫坐船在黃河上溯源一個多月，船竟然漂流到天上去了。

所以末聯東坡要講的是，人間的苦難太多，如果有船可以開往天上，載我離開這些苦難，那麼到天上的路有多遠呢？言外之意是，我此生的苦難還有多長呢？

四、河南別故舊

從宋代的疆域圖，可以看到，過相州即可渡黃河，東坡在黃河乘船溯流而上，先去汝州。此時蘇轍已從副宰相降職到汝州當知州，東坡特地繞路到汝州訪弟與道別。

蘇轍自到汝州，首先做的是文化藝術的修復。《韻語陽秋》：

「汝州龍興寺，吳道子畫兩壁。一壁作維摩示疾，文殊來同天女散花。一壁作太子遊四門，釋迦降魔。筆法奇絕。子由曾施百縑。」

汝州龍興寺有唐代畫聖吳道子的畫。吳道子曾在長安與洛陽的寺院作了許多壁畫，但這些大城市，歷經幾次天下大亂，壁畫很難保存。東坡來到汝州，看到子由在短時間內對汝州龍興寺的吳畫壁完成了修復，非常讚歎，以二十句古詩，稱讚蘇轍對佛教與文化的貢獻，其中有云：「**始知真放本精微，不比狂花生客慧。**」

真是率真，表現在作品上是工筆寫實。放，是放飛思緒，飛向無比壯闊寬廣的想像。「**始知真放本精微**」，看到蘇轍所修復的吳道子壁畫，才知道栩栩如生的寫實，與揮灑自如的寫意，竟可以結合得這麼細緻微妙。

狂花，是病眼所見，空中虛幻的花。客慧，相對於一般世俗的智慧，專指佛陀所開示的，解脫生死的智慧。「**不比狂花生客慧**」，意思是蘇轍所修復的吳道子壁畫，不是一般沒有佛心的工藝品所能比擬的，而是能眞正傳達佛經佛心的教化。

東坡一家在汝州盤桓三、四日，臨別時，蘇轍交給東坡長子蘇邁七千錢，囑付蘇邁前往常州宜興安家。東坡在宋神宗末年，買田在宜興。

元祐年間，蘇轍作爲京官，常時定居京城，俸祿高，錢存得下來。而東坡是宦遊四方，搬家要花錢，旅行要花錢，安家也要花錢，再加上向來海派，基本上存不了什麼錢。這時東坡的大兒子蘇邁，已經是一個小家庭的一家之主了。當叔叔的蘇轍就吩咐蘇邁帶著他的小家庭先到常州宜興安家。因爲一大家子旅行到嶺南的費用太高，到嶺南之後要如何營生也是一個問題。東坡的三個兒子都娶妻生子了，但目前都沒有工作，全靠蘇東坡到時候知州的薪俸過活，會比較困難。所以蘇轍思慮周詳的讓大侄子先到宜興去，彼此可以減輕生活的負擔。

告別蘇轍，東坡一家風塵僕僕到開封，再坐船到雍丘（古杞縣）。到了雍丘，東坡自做官以來一直跟在身邊的助理，杞人馬夢得，此時重回家鄉，萌生退休之意，自此告別東坡。

馬夢得年輕時，本在京城做學官，東坡說他「清苦有氣節」，只是人緣不好，「學生既不喜，博士亦忌之」。只因東坡偶然在馬夢得的牆上寫下一首杜甫的〈秋雨歎〉：「雨中百草皆爛死，階下決明顏色鮮。」言者無心，聽者有意，馬夢得認爲這是遇到知己、伯樂了，只有東坡知道我的堅毅，於是甘願辭去學官的鐵飯碗，當東坡的幕僚、助理。兩人因誤會而結合，因了解而長久在一起，不離不棄三十四年，馬夢得陪伴東坡的時間，比東坡任何一位妻妾都長。當年東坡貶謫黃州，也是馬夢得爲之申請到一塊廢棄的營地，在城東的坡地，給予耕種，這是東坡之所以號東坡的由來。而這位自東坡出仕以來便跟隨左右的好幫手，自此要告別東坡了。東坡在此贈詩一首：

萬古仇池穴，歸心負雪堂。
殷勤竹裏夢，猶自數山王。

仇池，是杜甫詩中的西南古國，也是東坡夢裡曾經去到的地方，代表東坡的故鄉，也代表東坡寄託歸隱的夢想之地，是東坡夢想的桃花源……他曾在詩中多次提起，如：「夢中仇池千仞岩。我本歸路連西南。」又如：「夢中仇池我歸路。」又如：「老人眞欲住仇池。」

雪堂，是馬夢得爲東坡所覓耕地上的農舍，東坡取堂號爲雪堂，東坡說：「是堂之作也，吾非取雪之勢，而取雪之意。吾非逃世之事，而逃世之機。」

「萬古仇池穴，歸心負雪堂。」是東坡說我一直想著要帶你回我的家鄉，在我的家鄉爲你建造一座桃花源。然而幾乎過了一輩子，回過頭來才發現，其實黃州雪堂，就是你爲我建造的桃花源。覺悟得太晚，雪堂已經回不去了。我辜負了你爲我做的一切努力。

山、王，意謂竹林七賢中的山濤與王戎，這兩個人是被排擠的七賢之二。南朝宋顏延之作〈五君詠〉講述竹林七賢，但以山濤、王戎顯貴而不予列入。

東坡說：「**殷勤竹裏夢，猶自數山王。**」我一向努力編織著退隱竹林的美夢，又一向因爲名宦顯達而被排擠著。然而在我所編織的隱退的夢想裡，永遠有個位置，留給最重要的你。

四句詩的五言絕句，二十個字，道盡了三十四年的陪伴與如今的遺憾。三十四年的支持，大恩不言謝，大不捨不掉淚，盡收在這首絕句裡。

五、行旅的刁難

東坡的南行之路，不知從何時開始，被刁難著不許坐官船，可能是從雍丘吧，必須捨船陸行。

宋代的水路發達，船行是最輕鬆的，全家可以直接住在船上，行李直接隨著船運，日夜晴雨，是船在走，不用人走。但陸行遷移是難以想像的艱辛，交通頂多是馬車，車馬顛簸之外，天天要找民宿落腳，除了折騰老小，也特別費錢。於是走到濠州（安徽鳳陽）的東坡，給皇帝上書一封〈赴英州乞舟行狀〉，信中歷數旅程的病、窮與悲哀，乞求皇帝，如果不是要他的命，就允許他一家能坐船赴謫地吧！

「臣竊揣自身，多病早衰，氣息僅屬，必無生還之道。」我知道以我的年邁，不可能活著回來中原。

「雖以瘴癘死於嶺表，亦所甘心，比之陸行斃於中道，稿

葬路隅，常爲羈鬼，則猶有間矣。」希望我可以死在任上，而別死在路上，成爲路邊的孤魂野鬼啊！

「**尚念八年經筵之舊臣，意欲全其性命乎？……輒爲舟行之計。敢望天慈，少加憫惻。**」如果您還念我講學八年的舊情，還想讓我活著的話，就允許我坐船吧！

哲宗皇帝哪裡會想到不讓東坡一家坐船這種事，這分明就是有人在整蘇東坡。因此隨即應允東坡以官船繼續南行。

船行到揚州，時任潤州知州的門人張耒，特遣兩名侍衛王告、顧成自揚州沿途保護與照顧，一路相送至嶺南。

六、金陵哀歌

船到江蘇，逆風難行，停泊在金陵城外。金陵城外是東坡的傷心地，他和朝雲未滿週歲的小兒子多年前就葬在這裡。

聽說東坡到來，蔣山的老和尚法泉禪師來信邀請東坡前往聚會，東坡回覆了一首詩不去：〈六月七日泊金陵阻風，得鍾山泉公書，寄詩為謝〉。「鍾山」即是蔣山，「謝」是婉謝、抱歉的意思，以風大雨大為理由，婉拒了老和尚的邀約。

今日江頭天色惡，礮車雲起風欲作。
獨望鍾山喚寶公，林間白塔如孤鶴。

寶公骨冷喚不聞，卻有老泉來喚人。
電眸虎齒霹靂舌，爲余吹散千峰雲。
南行萬里亦何事，一酌曹溪知水味。
他年若畫蔣山圖，爲作〈泉公喚居士〉。

今天在江邊看見天色很差。天邊生起了砲車雲，這是起大風的預兆。

天色惡不惡，是心情的主觀。心情好的時候，風大無所謂，可以「一點浩然氣，千里快哉風。」心情好的時候，下雨也無所謂，可以「何妨吟嘯且徐行」，也可以「還來一醉西湖雨」。但心情不美麗了，只是見到「雲起風欲作」，便覺得「今日天色惡」！

「**獨望鍾山喚寶公，林間白塔如孤鶴。**」位於今天鍾山中山陵東行約一公里處，有南朝神僧寶誌禪師的墓塔。

寶誌禪師一生奇瑞顯應無數。蘇東坡看向鍾山的方向，在心裡試著呼喚寶公，似乎是一種喊冤的姿態。但沒有神話中的寶公回應東坡的呼喚。只有山林裡的白塔，又白又高，像孤鶴一樣，寂寞而寧靜。現實畢竟不是神話，孟姜女哭不倒長城，蘇東坡也喚不來寶公，只有寶公塔聞風不動，屹立不搖。

「**寶公骨冷喚不聞，卻有老泉來喚人。**」寶公屍骨已寒，不再感應人間的呼喚，但人間還有泉公很溫暖，喚我前去鍾山一聚。沒有感應到寶公，卻感應到泉公，某方面還是有所安慰的。

「**電眸虎齒霹靂舌，爲余吹散千峰雲。**」泉公也是得道之人，希望承蒙您的金口，爲我祝福，爲我吹散此去南行千峰萬里的障礙，能一路順利。

「**南行萬里亦何事，一酌曹溪知水味。**」前進嶺南能有什麼事呢，可以喝曹溪水，求南宗禪法。

曹溪是唐朝六祖惠能大師的道場，在廣東，英州也在廣東。此去英州可以順道參訪六祖的道場。「**知水味**」，比喻知道曹溪禪法的法味，這是好事，可說是因禍得福，因此南行萬里再辛苦也算不得什麼事了。

這首詩除了「**天色惡**」之外，東坡從頭到尾沒說心情不美，反而說「**亦何事**」，沒什麼事，並且有好事。這是一分倔強的骨氣，否則怎麼可能眞的覺得沒什麼事？明明前途茫茫是未知與不安的，硬要說自己會安，不自憐，不自艾，而一路向著有光的地方勇敢的走下去。

「**他年若畫蔣山圖，爲作〈泉公喚居士〉。**」東坡沒有忘記此詩是爲誰而寫，爲何而寫，所以結語說，將來如果有機會，我要爲你畫一幅蔣山圖，圖畫名稱可叫做〈**泉公喚居士**〉。今天我雖然沒有赴約，但在我的畫裡，將永遠有我有你。爲了回報你今天的熱情呼喚，我要讓你留名千古。大有要讓〈**泉公喚居士圖**〉與〈**虎溪三笑圖**〉比肩的氣概。

然而東坡有沒有作這一幅畫，我們無從知道，只知道，東坡也是個畫家，除了極高的鑒賞力外，也有許多創作，甚至是湖州畫派的開山祖師之一，可惜他的圖畫作品幾乎全被宋徽宗燒了。原是「**人間好物不長久，彩雲易散琉璃碎**」。

多前年也是同樣的季節，炎炎夏日，也是在金陵，東坡的小兒子死在船上，小母親朝雲也病重在床。還好當時有愛妻王潤之在身邊，打理著一切，照顧好全家，而今再來金陵，傷心地重遊，王潤之已經歿去了。

蘇軾之妻王氏，名潤之，字季璋。年四十六，元祐八年八月一日卒於京師。臨終之夕，遺言捨所受用，使其子邁、迨、過為畫阿彌陀像。紹聖元年六月九日，像成，奉安於金陵清涼寺。

王潤之二十一歲嫁給東坡，陪伴東坡二十五年，四十六歲病逝京師。臨終那天，她遺言說，要用她的遺產讓三個兒子為她畫一幅阿彌陀佛像。佛像在六月九日完成，此時正在金陵，於是就近把畫像供奉在金陵的清涼寺。東坡為此做一首〈**阿彌陀佛贊**〉，這首贊詩沒有收錄在東坡的詩文集裡，而收錄在《大藏經》裡。在這一篇贊詩裡，我們不會見到詩人的風花雪月，但會看見詩人最樸素的感情與心願。贊曰：

佛子在時百憂繞，臨行一念何由了？
口誦南無阿彌陀，如日出地萬國曉。
何況自捨所受用，畫此圓滿天日表。
見聞隨喜悉成佛，不擇人天與蟲鳥。

但當常作平等觀，本無憂樂與壽夭。
丈六全身不爲大，方寸千佛夫豈小。
此心平處是西方，閉眼便到無魔嬈。

東坡在這裡不是用詩人的方式來對情人追思。什麼是詩人的追思，例如元稹的〈悼亡詩〉：「惟將終夜長開眼，報答平生未展眉」、「取次花叢懶回顧，半緣修道半緣君」。看似深情，但元稹不久之後就交新女朋友了。看來詩人的愛情也是彩雲易散。

而東坡這篇贊詩，更像是對至親的緬懷與牽掛。和詩人的差別在於，你更在意的是另一個世界的她過得好不好。因而是虔誠莊重的牽掛與祝福。情感是收斂的，沉著的，也是深刻的，長遠的。

「**佛子在時百憂繞，臨行一念何由了？**」《佛說無量壽經》提到只要臨命終時至誠一念，就可以往生到阿彌陀佛的淨土。但東坡牽掛著，妳眞的去到了妳想去的淨土了嗎？妳活著的時候爲我、爲孩子們所操心的事情那麼多，臨終一念，能眞的放得下我們，眞的能了結妳所有的牽掛？妳眞的放下了嗎？妳眞的解脫了嗎？看到這裡，會發現其實不放心的，放不下的是東坡。

東坡接著轉念一想，既然經典這麼說，就要有信心是眞的。接著四句說明淨土眞的有，念佛眞的有用。

「**口誦南無阿彌陀，如日出地萬國曉。何況自捨所受用，畫此圓滿天日表。**」佛經上說，只要一心念佛，就能看見淨土，沐浴佛光。何況妳還捐出一切，讓兒子爲妳畫了佛像。如果輪迴是一個長夜，那麼佛法是你唯一走向光明的希望。

「見聞隨喜悉成佛，不擇人天與蟲鳥。」但願見到這幅佛像，或聽到這件事情生起歡喜心的人，不論是誰，人間天上或者昆蟲和小動物，一切有情，願他們都能成佛。

「但當常作平等觀，本無憂樂與壽夭。」但願我們能達到「平等觀」的覺悟。在「平等觀」裡，沒有憂悲苦惱，或長壽短命的差別。「平等觀」是天台宗專有的名詞，又叫做「假觀」。知道一切世俗世界的現象都是假相，所以能平等看待。

王潤之比蘇東坡小了十一歲，卻比東坡早逝，東坡很難不惋惜，但從整個輪迴來看人生，我們都不知道活過多少個長壽與夭折的人生了。所以長命與短命，也只是這一世輪迴裡一時的假相而已。

東坡期待自己能做到平等觀，就能平等看待苦受與樂受、長壽與夭壽，而能不再介意王潤之是那麼早的離去。然而對於所愛之人的離去，不論何時，總都是會覺得太早了。

「**丈六全身不爲大，方寸千佛夫豈小。**」不論佛像尺寸大或小，佛就是佛。如今已經圓滿妳的希望，希望能以畫佛的功德，妳眞的到了西方極樂淨土。

「**此心平處是西方，閉眼便到無魔嬈。**」這句話，既是對王潤之說的，也是東坡對自己說的，天上人間，此心平處就是淨土。從開頭的「**百憂繞**」到結語的「**無魔嬈**」，端在此心。

七、松江會友

東坡熟讀歷史，向來知道高處不勝寒，所以在元祐年間雖然備受優待，卻一直在推辭恩寵，刻意和皇上保持距離，以至於寧可遊宦四方，也不願意留在京城。但即便如此辜負皇恩，以為可以遠禍全身，沒想到宦海的水太深，除了恩怨兩個極端之外，沒有中間地帶可以逍遙。所以東坡給最要好的方外之交參寥子寫信說：「**某垂老再被嚴譴，皆愚自取，無足言者。事皆已往，譬之墜甑，無可追。**」墜甑無可追，回不去了。沒什麼好說的了。

然而東坡還是冒險前去和兩位好友相會，一位是秦觀，一位是參寥子。

秦觀此時謫官在杭州當通判，而參寥子在杭州智果寺當住持。東坡將家人暫時安置在江寧，自己順著長江坐船到松江。參寥和秦觀也從杭州走海路，到松江與東坡會合。被貶謫的罪官，沒有行動的自由，此次相會，三個人都是冒險而行。只為了此生還能和好友見上可能是最後的一面。故東坡有〈與秦太虛、參寥會於松江，而關彥長、徐安中適至，分韻得風字〉二首詩。關彥長、徐安中是不期而遇的兩位朋友。

吳越溪山興未窮，又扶衰病過垂虹。
浮天自古東南水，送客今朝西北風。

絕境自忘千里遠，勝游難復五人同。
舟師不會留連意，擬看斜陽萬頃紅。

如果不把握機會再見上一面，可能此生相見無期。而果然這就是參寥子和東坡這輩子的最後一面。另外秦觀後來也死得比東坡還要早，雖然他比東坡年輕了十幾歲。可知這次冒險聚首的難能可貴。

「**吳越溪山興未窮，又扶衰病過垂虹。**」吳江東門外有一橋，名「垂虹橋」，東西百餘丈，橋中有垂虹亭。

對於吳越的溪山，東坡說他仍然興味盎然，仍然有著熱烈的感情，但身體已經不行。再次勉強抱病而來，這裡的山這裡的水，別是一番令人動情，以後可能再也看不到了。

「**浮天自古東南水，送客今朝西北風。**」水面如鏡面，浮著另一片天。今天誰是主人誰是客？匆匆來此一會，你我都是彼此的過客，也都是天地的過客。

又是熟悉的風，他們都是坐船而來，順利相會有風的功勞。然而，相會苦短，馬上又是離別。三年多前也是離別，東坡寫下〈八聲甘州〉：「**有情風萬里卷潮來，無情送潮歸。**」而今風又同樣的吹，吹著他們的離別。不同的是上回東坡人在仕途的順風，而今恐怕將是死別。

「**絕境自忘千里遠，勝游難復五人同。**」相見時幾乎都忘了，還有千里之遠的絕境要趕路，只因相會太難得了，此地一爲別，後會恐無期。

「舟師不會留連意，擬看斜陽萬頃紅。」船夫不懂我們爲什麼難分難捨，還以爲我們是因爲晚霞太美而捨不得離開。晚霞當然很美，但讓我們走不開的，是對人的眷戀。

二子緣詩老更窮，人間無處吐長虹。
平生睡足連江雨，盡日舟橫擘岸風。
人笑年來三點慣，天教我輩一樽同。
知君欲寫長相憶，更送銀盤尾鬣紅。

蘇東坡的人生，從小讀書，長大考試，做官，大抵上都很順利，一路騎著馬，唱著歌，身行萬里半天下。直到他四十四歲那年發生了烏臺詩案，像是命運突如其來賞了他一個耳光。

蘇東坡做官的第一個坎，就是反對新法的聲音，皇帝聽不進去。所以他就把新法是如何的不行，寫進詩裡面去，然後就出事了。其實「詩」沒有問題，詩只是替罪羔羊而已，有問題的是政治的鬥爭，人心險惡，對手太不擇手段。

「二子緣詩老更窮」，「二子」是稱呼秦觀和參寥子。只要詩友困於窘境，處境困難時，東坡每每會這麼安慰朋友。例如：「詩人例窮蹇，秀句出寒餓」、「秀語出寒餓，身窮詩乃亨」、「詩人例窮苦，天意遣奔逃」、「非詩能窮人，窮者詩乃工」。也不真是說作詩會使人窮，而是窮都窮了，不如想想窮有窮的好處，詩會愈作愈好愈精緻！

「人間無處吐長虹」，**「長虹」**，原指文詞高妙，在此隱喻眞心的詩話。人間沒有可以說眞話的地方，與其說是講秦太虛、參寥，其實更是講東坡自己。因爲東坡很容易在詩裡面吐露天眞，但眼前的處境是，不能再盡情天眞的吐露心聲了！不應該再想怎麼寫，就怎麼寫。這樣的處境，是三個人共同坐困的愁城。

「平生睡足連江雨」，東坡的宦遊人生，總在州與州之間的調任奔波，往往在船上，睡在船上，總是風塵僕僕的漂泊。

「盡日舟橫擘岸風」，**「擘岸風」**是吹船離岸的風。不管路途有多遙遠，風有多大，去的地方有多偏僻，人煙有多稀少，回回東坡總是要一而再的迎難而上，迎風起航。

「人笑年來三點慣，天教我輩一樽同。」三點是哪三點呢？

一黜：紹聖元年，閏四月三日，依前正七品朝奉郎責知英州。二黜：閏四月十三日，降爲從七品承議郎，仍責知英州。三黜：經臨城、內丘、湯陰，又復告下：「合敘復日不得與敘，仍知英州。」將不得再按資歷升遷。

接連三黜，好比從高空跌落，以爲已經摔在谷底了，緊接著竟還往下彈跳，再跌兩個屁股。這種戲劇性的跌法，誰會感同身受覺得痛呢？大部分的人都只是當看戲而已，才會笑著說這樣的風涼話：這麼常摔，應該也摔習慣了吧！

有時候我們會很清楚，自己身上的悲劇在別人的眼裡，往往只是茶餘飯後的笑談而已。唯有眞正的知己才能感同身受，與你肝膽相照，爲你深深哀愁，東坡將這份可貴的情誼化爲一句：「**天教我輩**

一樽同」。是天意讓我們三人能來這個地方共飲這一杯苦酒。

「**知君欲寫長相憶，更送銀盤尾鬣紅。**」銀盤裝著魚，呼應著長相憶，意涵了漢樂府詩：「**魚中尺素書，書言長相憶**」，從此相思，相憶，難相見。未來彼此之間綿綿無盡的思念，都只能寄託在詩裡了。這首詩開頭即說，「**二子緣詩老更窮**」，詩愈作，人愈窮，最後則說，我們還是要作詩。這也是一分倔強，不向艱難屈服。

其次東坡還說，盤中魚尾巴是紅色的。《詩經》說：「**魴魚赬尾，王室如燬。**」魴魚在太疲倦的時候，尾鰭會變成紅色，這預兆著王宮會有火災。這兩句詩是對君權的提醒，提醒執政者，別太過折騰你的臣民，以免引火自焚。在這自身難保的時候，蘇東坡還敢再講這種話，膽子有點大。詩的開頭才說「**人間無處吐長虹**」，人間再沒有地方可以說眞心話了，詩末就又忍不住說了眞心話，只是說得很委婉。

八、當塗又貶

松江一會，匆匆別友，東坡回到江寧，帶著家人繼續往南走，下一站是安徽當塗。途經慈湖，受到風阻。帆船逆風時，靠船夫的技術還是能前進，但風太大的話還是得先停下來等風過。在此東坡有〈慈湖夾阻風〉五首。

捍索桅竿立嘯空，篙師酣寢浪花中。

故應菅蒯知心腹，弱纜能爭萬里風。

帆船順風逆風都能行駛，就看船夫的技術，如何調整風帆的角度，逆風時讓迎面的風越過船帆，吹到後方使力，使船前進，船前進的方式會成爲之字形。但風眞的太大時，還是要停下來，以免帆太重，會把桅杆吹斷。須把帆先收起來，避避風頭。這時候桅竿便在風中挺立著，一身孤傲。這就是「**捍索桅竿立嘯空**」。船之所以不被大風吹得亂跑，全靠捍索把船固定著。

「**篙師酣寢浪花中**。」東坡稱呼船夫爲篙師，是對專業的尊重。當船停下來避風頭的時候，船夫理所當然的，找個涼快的地方，吹著風，睡著覺。因爲已經看慣順風、逆風，內心坦然，寵辱不驚，只要把該做的事做了，便可以安心的，好整以暇的補眠。

「**故應菅蒯知心腹，弱纜能爭萬里風。**」菅蒯是編做捍索和船纜的茅草。看似柔弱，卻能和風爭取船要前進的方向。風有順風逆風，但掌握船行方向的不是風，而是看似柔弱的纜繩。東坡因為這樣的思惟而感到鼓舞。行船有順逆風，人生有順逆境，政治江湖的風險雖大，但**心的方向**不由江湖決定，而由我的意志決定。

不管身在何處，去到何方，我的快樂由我決定。菅蒯知道我的心事，它以「**弱纜能爭萬里風**」來鼓舞了我的意志。

此生歸路愈茫然，無數青山水拍天。
猶有小船來賣餅，喜聞墟落在山前。

回故鄉的希望很渺茫，只能沿途隨便看山看水，而東坡就是喜歡看山看水的人啊！所以雖然歸路茫然，但前途或許還是有欣然的地方。

在茫茫的江面上，有小船來做生意，有人來賣點心，東坡剛好愛吃，一邊買個地方上的風味點心，一邊打聽最近的村落有多遠？聽到前面不遠的山邊就有村落，不禁高興起來，因為船坐太久了，總算可以下船放放腿，活動筋骨。

我行都是退之詩，眞有人家水半扉。
千頃桑麻在船底，空餘石髮挂魚衣。

結果到了山前村落也並沒有辦法下船蹓腿，原來竟是個水中村落，人家就搭建在水上，一戶人家，半戶淹著水。但可欣慰的是，這一路都在驗證著韓愈寫過的詩。

韓愈被貶潮州，也在廣東，早就走過這樣的路，還一路走，一路作詩。韓愈詩：「**暮宿投民村，高處水半扉。犬雞俱上屋，不復走與飛。篙舟入其家，暝聞屋中唏。問知歲常然，哀此爲生微。**」東坡雖然不能下船蹓腿，但親眼目睹了韓愈詩裡的人家，想想，也算是與古人同遊，得到了精神上的滿足。東坡評價韓愈是「**匹夫而爲百世師，一言而爲天下法。**」算是東坡的偶像之一，能來走偶像走過的路，像是不同時空裡的同行，也是莫大的安慰。

然而能耕種的土地都在水底下。老百姓要吃什麼呢？除了水草，就是水藻。**「千頃桑麻在船底，空餘石髮挂魚衣。」**一個「空」字，滿是東坡眼裡的憐憫之情，對小百姓生活的同情。

> **日輪亭午汗珠融，誰識南訛長養功？**
> **暴雨過雲聊一快，未妨明月卻當空！**

雖然一直在坐船，但盛夏正中午的陽光避無可避，東坡汗如雨下，衣服都汗溼了，這麼令人坐立難安的豔陽，東坡想到的卻是**「誰識南訛長養功」**。可惜了這裡有水有陽光，卻無法鼓勵農耕，因爲土地都在水底下。東坡又一次忽略了自己的顛沛流離，而關心著老百姓的溫飽。

正在熱昏頭的時候，忽然一片烏雲蓋天，來了一陣午後雷雨。瞬間涼快了起來。這片烏雲還很長眼，只帶走了太陽，並沒妨礙到月亮，白天像三溫暖一樣的過去了，夜晚一片晴朗，明月當空。想想，無論什麼樣的打擊，總會過去的，總有守得雲開見月明的時候吧！

臥看落月橫千丈，起喚清風得半帆。
且並水村欹側過，人間何處不巉巖。

坐船旅行的好處是，船走人不用走，月色正好的時候，就躺著在船艙裡或船板上看風景。看到天邊月亮落下去的地方，雲橫千丈。然後聽到船夫唱道，起風了，開船了。開船之後，進了一個村落。東坡這一夜似乎沒睡？還是醒個大清早？

船行又經過一個水上村落。風向順了，船行也快了，轉彎時，險險的從人家屋子旁傾斜的側過去。東坡可能因此捏了一把冷汗，驚險過後，他有了個領悟：**「人間何處不巉巖」**。

巉巖，峭壁危岩，比坎坷還要升級版的行路難。尋常行船都難免有驚險的時候，何況人間路漫漫，哪有什麼地方是絕對安全的呢？所謂三界火宅，驚險是正常的。誰的人生不是磕磕碰碰的，哪有人的一生全是平平順順的。（世間哪有揚州鶴？）東坡知道這世界不是只有我在受苦而已，各人有各人的難題。當心裡所包容的是天下人，自我的苦難也就顯得微小了。

李白的「**斗酒十千恣歡謔**」或「**明朝散髮弄扁舟**」跟東坡這裡比

起來都不算通達，東坡這裡不只是看到自己的人生特別辛苦，而是看到人間何處不辛苦！既然已經選擇入世，就同時要接受與包容一切的人事。放飛自我容易，接受與包容的寬廣心胸相對難得。

剛到當塗不久，又接到一個晴天霹靂的消息，六月二十五日，第四道告文：**「蘇軾落左承議郎，責授建昌軍司馬惠州安置，不得簽書公事」**。這次再貶謫，頗嚴重，帶來三大艱難：

(1)從知州降為司馬，司馬無俸祿，生活將馬上陷入困境。

(2)改謫惠州，惠州乃瘴癘之地，環境艱難，全家性命堪憂。

(3)從此不能簽書公事，失去了上書皇帝的資格，不但再難翻身，如果再被欺負，也無處伸冤，只能悶著頭被打了。

惠州比英州更遠更南邊，生活環境更是差得多，再加上無俸可領，怎麼生活？這麼大的打擊，意志薄弱的人早就受不了了，還好東坡一向並沒有養尊處優，因此遇到重大變故，就是冷靜處理，重新規劃安排。首先他讓蘇迨也去常州宜興，和大哥蘇邁一起生活，並把蘇過的妻兒也一起帶去常州。只讓小兒子蘇過單獨陪父親去惠州。此去一定要受苦，沒必要全家苦在一起。還好常州宜興還有田產，可以安頓東坡的家人。東坡意欲朝雲也去常州，但朝雲堅持隨侍到底。

這一年東坡五十九歲，朝雲三十二，蘇過二十三。於是東坡攜朝雲、蘇過及兩個老傭婦，由王吉、顧成護衛，繼續南行。

這時候的壓力山大，不只在生活上即將面臨的挑戰，更大的不安在於，會不會哪天就一道詔令連命都被要了呢？但是擔心無用，只能走一步算一步了。

東坡給好友陳季常的信裡說：「自當塗聞命，便遣骨肉還陽羨，獨與幼子過及老雲並二老婢，共吾過嶺。」陳季常是東坡當年貶謫黃州時，撿回來的老朋友，在黃州時，兩家人時常往來。當年在黃州，起碼全家在一起，而這回貶謫是骨肉分離，環境更差，東坡年紀更大。

到惠州半年後，陳季常寫信說要來看東坡，東坡不要他來。東坡好客，爲什麼不要他來？必定是旅途太艱辛了，我連自己兒子都沒讓來了，怎麼能讓年紀一大把的老朋友來。可見旅途是辛苦異常，只是東坡不說。

九、廬山遇友

紹聖元年七月，東坡來到九江，位於江西的北部。「江州司馬青衫溼」的潯陽江頭，就在九江。最有名的風景是廬山。

在廬山，巧遇多年前的老夥伴蘇伯固，算是流放之路上難得的欣喜。

蘇堅，字伯固。曾在杭州助東坡開西湖、修六井、築蘇堤、蓋水庫，搭擋做了許多照顧百姓的建設，兩人有革命夥伴的情誼在，不同於尋常朋友。當年江南相別，東坡曾作〈青玉案．送伯固歸吳中〉：**「春衫猶是，小蠻針線，曾溼西湖雨。」**

此行之所以能在廬山巧遇，是蘇伯固要前去澧南就職。澧南就是澧陽，也是隋代的武陵縣，現在的湖南常德。此外，歷史上有兩大詩人也待過澧南：屈原和劉禹錫。

落魄時節，他鄉逢舊交，東坡不無激動的寫下〈**歸朝歡・和蘇堅伯固**，伯固往澧南〉。〈歸朝歡〉是詞牌名，不必和內容有關係，〈和蘇堅伯固，伯固往澧南〉才是詞題，才與內容有關。但選擇詞牌〈歸朝歡〉，或許可能也想表達相遇之歡，以及對彼此未來的祝福，願有歸朝的一天。

我夢扁舟浮震澤，雪浪搖空千頃白。
覺來滿眼是廬山，倚天無數開青壁。
此生長接淅，與君同是江南客。

夢中游，覺來清賞，同作飛梭擲。
明日西風還掛席，唱我新詞淚沾臆。
靈均去後楚山空，澧陽蘭芷無顏色。
君才如夢得，武陵更在西南極。
〈竹枝詞〉莫徭新唱，誰謂古今隔。

太湖古稱震澤，在江蘇的南部，是東坡和蘇伯固曾經共遊的地方。

「我夢扁舟浮震澤」，這一路行來，東坡在船上漂呀漂，睡在船上搖啊搖的，夢中小船漂來了太湖。夢裡回到了波光搖曳，水霧迷茫的江南湖上。

「雪浪搖空千頃白」，在夢裡，太湖風起雲湧，水氣蒸騰，小船漂蕩在一片白茫茫的太湖水上。這是他們曾經共遊的地方，夢中只有東坡孤身一人。

「覺來滿眼是廬山」，一覺醒過來，眼前都是廬山。廬山或峭壁絕巖，或清翠滿眼，各種姿態，不同的角度看，每個鏡頭都太美了，美得讓人震撼！

東坡五十歲之前曾遊廬山，留詩：「橫看成嶺側成峰，遠近高低各不同，不識廬山眞面目，只緣身在此山中。」如今廬山的面目又赫然出現在眼前，「覺來滿眼是廬山」，是震撼的驚喜。

「倚天無數開青壁」，廬山的懸崖峭壁彷彿從天上劈開下來似的，青翠挺拔，直接天際。下船走進廬山，身臨廬山，是第一重喜悅。再有第二重喜悅，就是和蘇伯固的不期而遇。景物令人驚喜，人物更令人驚喜，是喜上加喜。

夢裡扁舟遊太湖，那是追憶昔年的交情，而今舊友重逢，攜手眼前的廬山，是天賜的機緣。智者樂水，仁者樂山，好水好山他倆都一起走過了。

喜相逢之後，又不免感歎宦遊人生的無常。

「此生長接淅，與君同是江南客。」

孟子說：「孔子去齊，接淅而行。」孔子決定離開齊國的時候，廚房正在洗米，孔子說走就走，把米從水裡撈起來，飯不煮，就離開了。因爲齊國不是孔子的祖國。

東坡漂泊奔波的人生，常常也是這樣匆匆地離開過許多地方，許多地方都是過客他鄉。蘇伯固也是如此。與你知遇江南，江南卻成不了故鄉，徒留鄉愁與客愁。

「夢中游，覺來清賞，同作飛梭擲。」 夢裡扁舟遊太湖，醒來共賞廬山清。可惜所有的美好都太短暫。當年的遊歷與共事，時光過得太快，今日的相聚也會同樣短暫。

「明日西風還掛席，唱我新詞淚沾臆。」 掛席即是揚帆。東坡一路南行，從夏天走到了秋天，西風起即是秋天至。明天又要在秋風中揚帆起航，今天的相見歡，又成了明日的別離難。杜甫詩：「人生有情淚沾臆」，人因有情，才會眼淚掉個不停。東坡：「唱我新詞淚沾臆」，明日一爲別，音容兩渺茫，你再怎麼捨不得，也只能滿含熱淚的唱著我的歌。船會漸行漸遠，歌聲會愈來愈輕，而胸前，已經溼透衣襟。

但東坡從不願意讓朋友帶著感傷離開，所以接著又鼓勵蘇伯固：

「靈均去後楚山空，澧陽蘭芷無顏色。」靈均是屈原的字，屈原是戰國時代楚國人。澧陽正屬於戰國時代的楚國，澧陽的山，就是楚山。

蘭芷是香草。「沅有芷兮澧有蘭。」香草在《楚辭》中代表著君子的品德與人格。屈原提到的蘭與芷，都是又香又可用的植物，就像君子，既高潔，又有才幹。

「靈均去後楚山空」，從屈原離開之後，楚山就沒有人了，不是沒有活人，是沒有詩人。

「**澧陽蘭芷無顏色**」，從屈原離開後，楚地的香草便沒有顏色。沒有詩人的地方，香草是寂寞的。直到唐代劉禹錫（字夢得）貶官去到澧陽，才又有了詩篇。

「**君才如夢得，武陵更在西南極。**」你的才華像劉禹錫那麼好，如今也要去到他的武陵（即澧南），那個地方對你而言，實在有夠遠的。

對趙宋王朝而言，澧南不算國土的西南。但對蘇伯固而言，澧南可能是他去過最西南的地方。東坡說武陵（即澧南）更在西南極，而東坡自己呢？要去的地方更遠的多，自己卻渾然忘了，只顧著同情與安慰眼前的好朋友。

「**〈竹枝詞〉莫傜新唱，誰謂古今隔。**」莫傜，湖南的少數民族，部分徭族的古稱。劉禹錫當年在武陵所作的〈竹枝詞〉至今還是當地少數民族的流行歌曲，可見詩歌的傳唱可以超越古今。正如謝靈運曾說的：「**誰謂古今殊，異代可同調。**」所以你到湖南的任務，就是繼承詩人的傳統，再創地方樂府的輝煌。相信你一定可以爲那裡留下新的詩篇。

這是東坡對朋友的期許，也是對自己的期許，無論何時何地，都毋忘詩歌的延續。

「**誰爲古今隔**」，屈原之後，劉禹錫接棒詩人的筆，劉禹錫之後，現在輪到你去接棒了，藉著詩歌的吟唱，時間阻隔不了古今的交流。如果連古今都無法阻隔君子的交流，空間又豈能妨礙你我的情義。

這是東坡寫得很用力的一闋詞，從相見歡，到別離難，再到對未來胸懷的希望與使命。

兩人分別於九江，蘇伯固坐船從長江經湖北去湖南，東坡則坐船從鄱陽湖繼續南下。

十、鄱陽失船

八月的一個晚上，東坡船停泊在鄱陽湖北岸分風浦，忽聞岸上人聲嘈雜，半夜三更，竟然有軍隊五百人前來討要官船。東坡一行才七個人，有必要這麼大的陣仗來討船嗎？威嚇的意味相當濃厚。但東坡沒有被威嚇到，他和帶頭的軍官商量，船能否再借我一個晚上，讓我可以到星江，再上陸還船呢？帶頭的軍官居然說，可以，就一個晚上。原來人情還是更濃於威嚇，有商量就有機會。因此我們要記住了，脾氣或恐懼都於事無補，凡事用商量的，還可能有機會。

問題是一個晚上的時間，一夜能不能從鄱陽湖的北岸到達南岸星江呢？鄱陽湖南北的長度至今尚有一百七十三公里，坐船需時多久，全要看老天給不給順風。於是東坡向順濟王（水神，龍王）默禱說：「**軾往來江湖之上三十年，王於軾為故人。故人之失所，當哀憐之。達旦至星江，出陸至豫章**（南昌），**則吾事濟矣。不然復見使至，則當露寢浦溆。**」我在您所管轄的大小江湖之間來往有三十年了，咱們也算是老朋友吧。老朋友今天要流離失所了，請順濟王同情可憐我，給個順風，讓船能在天明時抵達星江，我再上岸走到南昌買船，不然再見官兵，我一家只能露宿湖岸，寂寞沙洲冷了。東坡話還沒說完，原本平靜的湖面就起了大風，呼嘯從耳邊吹過，船夫一升帆，帆便吃飽了風，還沒到早飯時間，已經越過了鄱陽湖，正午時分，船已停在南昌。本來想說在星江還船，再走去南昌買船，沒想到順風竟將船直接送到南昌。記下這件事情的釋惠洪不禁感嘆，以順濟王那麼威嚴的神靈，會願意吹來及時風送東坡南去，這是東坡的赤誠之心和神靈很相應啊！可見雖然有人對東坡不好，但神明卻對東坡很好。

東坡當初上書哲宗，原是要求能借官船到古南康郡，也就是江西的南部虔州再還船，但官兵卻在江西北部南康軍就要他還船，兩地相隔千餘里，才有如此意外的緊急。而一再不給東坡官船的人，應該就是章惇，唯有曾經的好朋友，才知道東坡一向很享受坐船，才特別對船事爲難。

秋天原是西風，好在神明爲東坡違反季節的送來一夜北風，風帆勢如破竹，直抵豫章（今南昌）。到了南昌，驚魂已定，東坡好整以暇的看山看水，附近郊遊去了。南昌雖然不在湖邊，但四野開闊，沒有高山遮蔽，從吳城山上的〈望湖亭〉，可以視野遼闊的直接看到鄱陽湖。

八月渡長湖，蕭條萬象疏。
秋風片帆急，暮靄一山孤。
許國心猶在，康時術已虛。

岷峨家萬里，投老得歸無？

整首詩總體而言，沒什麼脾氣，只是對於順風感到很慶幸，但又對未來感到茫然。「**八月渡長湖**」，鄱陽湖，是南北狹長的一座大湖，南北相去三百五十餘里。「**蕭條萬象疏**」，古代的天氣，季節分明，八月秋天，大自然已經沒了活力與綠意，放眼蕭條，秋風愁人，一個「疏」字，點出了秋天的零落、枯寂。

「**秋風片帆急**」，秋風本應是西風，卻突來一夜北風吹帆，連夜飛渡難關。一個「急」字，點出了一行人心跳加快的旅程。等到驚魂甫定，東坡來登吳城山上，從望湖亭上，遠遠望向昨夜匆忙橫越的鄱陽湖，回首來時湖，回顧過去這一天以來的驚險時，天色已暗，

「**暮靄一山孤**」，在幽幽的暮色孤山之中，回顧這一身，這一生。

「**許國心猶在，康時術已虛。**」爲國獻身的心志依然還在，再老也願意爲國賣命，如同曹操的兩句詩：「烈士暮年，壯心不已。」但曹操所處的時代是亂世，而東坡說「**康時術已虛**」，現在是太平年代，但在這個太平時世，已經沒有我的用武之地。他沒有怪世道的錯亂，沒有怪皇帝的無情，只說「**術已虛**」，是我已經沒用了。雖然如此，一句「**許國心猶在**」，卻表達了東坡這一生走到如今這個地步，並沒有後悔，沒有後悔走上這一條坎坷的仕途。

「**岷峨家萬里，投老得歸無？**」岷山與峨眉山，是東坡故鄉的方向。東坡只用很微弱的聲音問一句：此生還有回故鄉的希望嗎？吳城山上，天色已暗，孤寂之中，東坡夢囈般的問了這樣一句，只是問了也不會有答案，聲音被夜色的蕭索給吞沒了，回音卻留在心裡，時不時的會出來啃噬一下詩人的心。

十一、惶恐灘的由來

從南昌，東坡自己雇船，到贛江是三百里的水路。

贛江由章水和貢水匯流而成，當時已經很是熱鬧與興盛。這樣的興盛卻熱鬧不了東坡一行人的心，因爲在贛江，又傳來了一道更重罰的詔書，第五道告文（節錄）：「**誣詆聖考，乖父子之恩，害君臣之義。在於行路，猶不戴天……宥爾萬死，竄之遠方，……可責授寧遠軍節度副使，惠州安置。**」

如此誅心的告文，是東坡的老朋友，林希的手筆。東坡在發達時，曾經舉薦過林希代爲中書舍人，而之後林希繼東坡知杭州時，還親筆題榜「蘇公堤」，以示對東坡的相敬。東坡曾經既欣賞林希的文，又欣賞林希的字，沒想到這人竟是牆頭草，用那曾經被東坡讚賞過的文筆，來冤枉東坡。

「誣詆聖考，乖父子之恩，害君臣之義。」元祐年間舊黨人士說神宗所推行的新法不行，司馬光及其黨人欲盡廢神宗新法。然而彼時東坡是反對的。東坡認爲新法也有好的地方，應該要**「校量利害，參用所長」**，衡量利弊得失，對百姓好的，就應該保留下來，不能爲反對而反對。是由於東坡的努力，在元祐年間才得以保留下來許多神宗時有利於老百姓的新法。（見蘇軾〈辯試館職策問札子〉

之二：**「臣與執政屢爭之，以謂先帝於此蓋有深意，不可盡改，因此得存留者甚多。」**）

現在卻把廢除新法的責任，要東坡來當首要負責人，這豈不是冤枉。甚至說：**「在於行路，猶不戴天」**，皇帝和你有不共戴天之仇，**「宥爾萬死，竄之遠方。」**寬恕你不用死一萬次，只是把你趕到遠方去，已經很仁慈了。

這一貶再貶的刁難，少不了有章惇的復仇意識在作祟。一路以來，這是第五通再降級的告文了，至此是墊底的從九品，已降無可降，是受看管的罪臣裡的最低級。東坡早都沒什麼當官的福利了，這通告文，將品級從倒數第二，再降到倒數第一，有什麼差別呢？就是要製造一種氣氛恐慌你，最好嚇死你。蘇東坡人還沒到任所，就一道道的告文，急急如律令的奪命追魂，像催命符似的。而在此下狠手的三個人，一個是東坡呵護著長大的學生皇帝，一個是東坡對他有知遇之恩的林希，還有一個是曾對東坡患難時施與援手的老朋友，章惇。

很多小說與野史總喜歡把章惇抹黑成自始至終的壞人，但實際上章惇更像是恩怨分明的俠士，有恩報恩，有仇報仇。章惇一生忠於提拔他的伯樂王安石，忠於皇帝，忠於國家。章惇曾經對東坡也是有情有義，如清．王文誥所言：「且（東坡）**公陷臺獄，惇力解之；公謫黃州，惇力勸之，凡此皆可以明惇之心。**」東坡曾經自己也說：「一旦有患難，無復有相哀者。惟子厚（章惇）平居遺我以藥石，及**困急又有以收恤之，眞與世俗異矣。**」

哲宗初年，東坡回朝，宰相司馬光主張盡廢新法，當時東坡與章惇的立場是一致的，都認爲新法亦有良法，應該予以保留。又，西夏來犯，首領鬼章被生擒，遣使求和，司馬光要割地准和，章惇大怒反對，東坡亦上書反對，兩人的政見是並肩的，關係是友善的。然而東坡弟蘇轍卻全力支持司馬光盡廢新法，上疏〈乞罷章惇知樞密院狀〉：「**差役之利，天下所願，賢愚共知。……惇猶巧加智數，力欲破壞。……故臣乞陛下，特行罷免，無使惇得行巧智，以害國事。**」差役法屬於舊法，東坡和章惇的立場同是認爲，新法之免役法優於舊法之差役法，而蘇轍獨獨以此猛烈攻擊章惇，將之逐出朝廷。

東坡兄弟是「君子和而不同」，從來各有主見。但在章惇看來卻是，這兄弟倆一個對他扮白臉，明面上支持他，一個私下使絆子，推他落馬。章惇的情與義皆大大受傷。章惇被貶離京後，盡毀前半生與東坡親切的友誼，東坡更成了他的頭號政敵。同時代的施元之就看得很清楚：「宣仁（太皇太后）**簾聽，兩蘇公**（軾、轍）**皆進用**，子**厚**（章惇）**時知樞密院**，以子由（蘇轍）**論罷**，**致怨**。**紹聖初**，**相哲宗**，**東坡遂謫嶺海**。」曾經愛最深的，此後就恨愈重，因此東坡在被貶的行列中，受罰最重。然而東坡卻始終念著舊時恩義，整個南遷時期，沒有一句對章惇的怨言。但對林希代擬的詔書，東坡倒是嘲諷了一句：「**林大亦能作文章邪？**」

從章惇的立場來看，除了復仇的心態之外，應該也察覺到哲宗皇帝對東坡的感情曾經之深，才更要把東坡往死裡打，不讓東坡再有半點翻身的機會。章惇後來也確實如願，一向掌握聖心，在哲宗接下來的有生之年，章惇都是唯一的宰相，直到哲宗駕崩。

然而當友愛與恩義變成仇怨與憤恨，東坡只能把他的恐懼與傷心，用詩來感慨，〈八月七日初入贛，過惶恐灘〉：

七千里外二毛人，十八灘頭一葉身。
山憶喜歡勞遠夢，地名惶恐泣孤臣。
長風送客添帆腹，積雨浮舟減石鱗。
便合與官充水手，此生何止略知津。

贛江有十八個灘頭，水都很湍急，其中又以黃公灘最爲驚險。當船夫說，接下來要過「黃公灘」，東坡一時聽成諧音「惶恐灘」。所以如果沒有這一次次的被打擊，世界上就沒有惶恐灘這樣的名詞，也就沒有文天祥的「**惶恐灘頭說惶恐，零丁洋裡歎零丁**」了。

「**七千里外二毛人，十八灘頭一葉身。**」七千里的距離大約是從四川到京城的距離（約三千里），再加上從河北定州再到贛江的距離（約四千里），共七千里，是東坡輾轉離鄉的距離。七千里的風霜，頭髮已花白的老人。讓人想到〈何滿子〉：「**故國三千里，深宮二十年。一聲何滿子，雙淚落君前。**」這麼簡潔的絕句，令人動情的是，那麼遠的離別又這麼長的歲月。而東坡走過的路何止三千里，何止七千里？東坡離鄉入仕以來的宦遊人生又何止二十年，這麼遠的離別，那麼長的歲月，一句「**七千里外二毛人**」，豈不比〈何滿子〉還要叫人心酸！

「**十八灘頭一葉身**」，而今遲暮之年，東坡還在江湖上漂蕩，還在和風波打交道，還需要面對許多未知的艱難苦橫。一生忠心，也一生小心，到頭來人微言輕的像一片凋零在水面上的葉子，隨時都有可能會被漩渦捲走。

「山憶喜歡勞遠夢，地名惶恐泣孤臣。」

東坡最近一直想起家鄉，甚至頻頻夢見回老家的山路，山路上有個名叫「喜歡」的小店舖。但夢之外，眼前的現實卻是最危險的處境，身心都處於一種極度的恐懼不安，以至於一聽到「黃公」，便聽作「惶恐」，就哭了，身為被放逐的孤臣，被迫害的惶恐，彷彿土地都知道，流水也知道。

「長風送客添帆腹，積雨浮舟減石鱗。」船帆吹飽了風，鼓鼓的。雨水漲起了江水，更好行舟。風是順風，所以帆船能一夜渡湖。雨是及時雨，滿漲的河流能避開許多河床的險礁。如此看來，這世間的人事雖然不念舊情，但是天地與大自然卻對東坡有情有義，要風得風，要雨得雨。使得一帆風順，又平安地渡過灘頭。

「**便合與官充水手，此生何止略知津。**」知津，字面上的意思是，知道渡船口在哪兒。東坡說，我這輩子何止知道渡口而已，我熟得都可以當水手了。我都幾乎培養出第二專長，可以到處當導遊了。這是東坡的黑色幽默，笑歎，他一生奔波過的地方實在太多。

過夜虔州，東坡住在造口，半夜不眠，起來寫了一闋〈木蘭花令〉給弟弟蘇轍。詞題是〈**宿造口聞夜雨**〉。在造口過夜，聽著淅瀝瀝的雨聲，便想起兄弟倆有夜雨對床的約定，這個約定多次出現在東坡和蘇轍的作品裡。當年東坡初宦，兄弟倆乍別時，共讀韋應物的詩：「寧知風雨夜，復此對床眠。」當時就約好了要早點退休，不貪戀名位，好早日相聚。這麼簡單樸素的願望，他們兄弟兩念念不忘，最終又不能實現。

梧桐葉上三更雨，驚破夢魂無覓處。
夜涼枕簟已知秋，更聽寒蛩促機杼。
夢中歷歷來時路，猶在江亭醉歌舞。
尊前必有問君人，爲道別來心與緒。

本來已經睡了的東坡，睡得挺沉的，突然一陣嘈雜的雨聲，喚醒了東坡的睡夢。溫庭筠有詞：「梧桐樹，三更雨，不道離情正苦。」梧桐樹的葉片大，讓雨聲聽起來更嘈雜，音效更大。睡在造口旅店的這晚，半夜東坡被愈下愈大的雨聲給驚醒了。「驚破夢魂無覓處」，這個「驚」字，道破了一路以來連番受到打擊的心情，雖然不說苦，內心還是有陰影。驚醒之後，想再回去夢裡，卻回不去了。窗外又是秋夜的梧桐雨，回想起過去風光的十年裡，在京城做客蘇轍的府邸時，回回都遇上了梧桐秋雨。因此起身寫詞想念弟弟。

「夜涼枕簟已知秋，更聽寒蛩促機杼。」夜裡醒了就睡不著了，特別覺得滿床都是秋天的涼意。而秋天的蟋蟀，好像因爲冬天近了，在催人織布似的，叫個不停。

夢裡不知身是客，還在熱鬧的歡宴著，夢醒人在異鄉，夜雨秋涼，特別冷清，只有牆角的蟋蟀還自顧自的在熱鬧著。這裡既是寫秋涼，也是寫悲涼，人的處境淒涼。

「夢中歷歷來時路，猶在江亭醉歌舞。」回想夢境，去到許多去過的地方，還在許多歡樂的聚會裡。宋朝的水運發達，有江河的地方就有渡船頭，有渡頭的地方，往往就有江亭，江邊的亭臺樓閣，既是辦歡迎會的地點，也是辦歡送會的所在。東坡在夢裡，回到那些江亭上喝酒唱歌跳舞，只是連夢裡也在遺憾不見弟弟在身邊。怎麼知道弟弟沒到夢中來呢？

「尊前必有問君人，為道別來心與緒。」在夢裡，每個來向我敬酒的人都會問起你，好像我們還是一體的。我卻無法告訴他們你現在好不好，因爲我也不知道你現在好不好。我們各自在一貶再貶的道路上，都不知道彼此走到哪裡了。因此我無法告訴他們，你好不好？我只能告訴他們，我自己的心情好不好。東坡的心情好不好呢？這裡看似沒講，其實第一句就是答案。**「梧桐樹上三更雨」**，**「不道離情正苦」**，最親愛的弟弟音訊全無，心緒又怎能好。

第三章 過大庾嶺

東坡在虔州盤桓了好些時日，遷延不進，這是東坡留在中原的最後一站，一旦從這裡度過大庾嶺，故國河山將成爲遙遠的迷夢。

一、天涯流落涕橫斜

今時贛州，北宋名虔州。東坡的父親蘇洵，在東坡十歲那年，因爲考試又落榜，四處壯遊散心，在江山如此多嬌的各地名勝，大約遊蕩了兩年時間。當時蘇洵所到最遠的地方，正好是虔州。從虔州回家後，蘇洵把自己的見聞遊歷說給兒子們聽，東坡以此有了比一般時人更寬廣的世界觀。

東坡回憶起，父親從虔州回家後跟他們說的，關於虔州天竺寺的見聞。當時年紀小，歲月充滿光輝，父親說故事，講得眉飛色舞。而東坡現在親身來到父親的遊歷處，竟是最落魄的時候，情緒萬分複雜的寫下〈天竺寺並引〉。在詩序中，東坡說：

予年十二，先君自虔州歸，爲予言：「近城山中天竺寺，有樂天親書詩云：『一山門作兩山門，兩寺原從一寺分。東澗水流西澗水，南山雲起北山雲。前臺花發後臺見，上界鐘清下界聞。遙想吾師行道處，天香桂子落紛紛。』筆勢奇逸，墨跡如新。」

蘇洵向東坡說過，他曾在虔州天竺寺看到了唐代詩人白居易墨寶的眞跡，詩的前三聯六句，描寫虔州天竺寺的特色。一般作詩會忌諱用重複的字，但這六句詩一再重複用語，反而營造出類似繞口令的節奏和韻律，且又像是一道謎題，饒有趣味。等到東坡親身來到天竺寺，才揭曉謎底，恍然大悟，原來這就是「東澗水流西澗水」，原來這就是「前臺花發後臺見」。除了詩歌寫作的趣味之外，還會有一種解謎的快感。

而白居易詩的最後兩句落筆在對他師父的思念上，想像著師父飄逸的身影走在漫天桂花雨的路上，人景交融，是相當出色的詩篇。若不是蘇洵父子所記所寫，就失傳了。

蘇洵當年在天竺寺，看見的是原汁原味的白居易墨跡，書法筆勢奇逸，相當精彩，墨跡如新，整件書法作品還保存得很好。

東坡在十二歲時聽父親提起的事，而今過了四十七年了，東坡五十九歲，追遊此地，當年父親看見的墨寶已不在，只剩下詩刻在石碑上。東坡因此哭個不停。

爲什麼會悲從中來，突然哭得傷心呢？是因爲沒看到白居易的字很遺憾嗎？當然不只是這樣。而是這一路走來，一棒接一棒的打壓，所有的委屈與壓力，終來到這父親的故事裡，在對父親的懷念裡一股腦的發洩出來了。

當年蘇洵之所以遊歷到天竺寺，是因爲科舉落第，考試考不過，當官當不了，所以到處壯遊，散心而已。而東坡呢？考試考得很好，當官當得超好，幾乎完成了父親蘇洵所有的理想。但那又怎樣呢？和父親同樣來到此地，不一樣的是，當年來此的蘇洵是自由之身，舒心、散心。而今來到這裡的東坡卻是個罪臣，沒有自由，誠惶、誠恐。因此，走在父親當年走過的地方，見到父親當年見過的風景，心情複雜又激動，這份激動裡，既懷抱著對父親的孺慕之情，也體驗著物是人非，世事無常的悲涼。所以他感涕不已，淚如雨下。詩云：

香山居士留遺跡，天竺禪師有故家。
空詠連珠吟疊壁，已亡飛鳥失驚蛇。

林深野桂寒無子，雨浥山薑病有花。
四十七年眞一夢，天涯流落涕橫斜。

白居易的師父是香山寺的法師，如滿法師。白居易遺言，死後就葬在如滿法師的塔邊。所以香山居士指的是白居易本人。「香山居士留遺跡，天竺禪師有故家。」白居易的詩，留刻在石碑上，天竺禪寺也還在原來的地方。但「空詠連珠吟疊壁，已亡飛鳥失驚蛇」。

「連珠疊壁」，形容白居易詩篇裡反覆重複的寫作語法：「一山門作兩山門，兩寺原從一寺分」，一座寺分家成爲兩座寺，兩座寺共用一座門，你的前門是我的後門。「東澗水流西澗水，南山雲起北山雲。」水是相通的，景是相對的，「前臺花發後臺見」，你寺前院的花，從我寺後院可以看得見，「上界鐘清下界聞」，我寺鐘聲在你那裡也聽得很響亮。白居易的詩，俏皮的描寫了天竺寺的特色。

「飛鳥」、「驚蛇」，是形容「筆勢奇逸，墨跡如新」的白居易書法，在蘇東坡想像中應有的樣子。可惜東坡來到時，只剩詩刻在石碑上，書法墨寶已經亡失了。

東坡用整整四句詩表示，詩還在、寺還在，但墨寶不在了。可見原先他有多期待，而今有多失落。

「林深野桂寒無子，雨浥山薑病有花。」東坡來到天竺寺的時間也是秋天，然而樹林太深，天氣太冷，雖有桂樹而無桂花，不見白居易的「天香桂子落紛紛」，沒有漫天的桂花雨，但有山薑花開了。

桂花和山薑，就像屈原詩裡的蘭草與白芷，都是又香又可用的植物。東坡千里迢迢來到父親說過的天竺寺，雖不見白居易的墨寶，桂花也沒開，但看到了新的生機，雨中山薑花開了。雨打之下的山薑看起來很疲憊，卻依然散發著花香。正如同此時的東坡，身心也是疲憊，旅途勞頓的病著，但從不懷疑自己人格的芬芳。即使是在艱困的環境裡，依然愛慕著大自然的生命力。

「**四十七年眞一夢，天涯流落涕橫斜。**」十二歲聽到的故事，如今五十九，過去四十七年像夢一樣。當年那個孩子，那個仰慕父親的孩子，一回頭，也來到父親曾經壯遊過的地方，只是父親早已不在。東坡自己都當爺爺了，折騰了大半輩子，如今以天涯流落的姿態來走父親的足跡，正所謂「**萬方多難此登臨**」。所有的委曲，好像走來父親的音容笑貌裡，一時像個孩子似的，委屈都盡情宣洩了出來。「涕橫斜」三個字的形容相當生動，眼淚是用飛的。

再經過九百多年到現在，東坡看到的石刻也不在了，甚至天竺寺都不在了，如果不是東坡的詩，我們可能都不知道白居易寫過那麼有趣的一首詩，不知道曾經有過這麼一座詩人們留連的古寺。只是東坡的詩又會有多少人能讀多久呢？我們也不知道，只能說很慶幸我們讀到了。

二、水的啓發

古代取水儲水不方便，有泉水湧出可是一件大好事。《方輿勝覽》：「廉泉在虔州治東南隅報恩寺……宋元嘉中，一夕霹靂，忽湧地爲泉，時郡守以廉名，故曰廉泉。」南朝宋文帝時，虔州有泉湧出，當時的父母官剛好是個廉潔的人，所以百姓們將湧泉的吉祥歸功於州長的廉潔，而取名廉泉。從南朝劉宋時期的湧泉，到東坡的年代，已經超過六百年。東坡一生正是問心無愧的清廉，到此寫下〈廉泉〉詩。

宋詩的特色是以哲理入詩，東坡〈廉泉〉一詩正將宋詩說理的本色發揮得淋漓盡致。

水性故自清，不清或撓之。
君看此廉泉，五色爛摩尼。

廉者爲我廉，我以此名爲。
有廉則有貪，有慧則有癡。
誰爲柳宗元？孰是吳隱之？
漁父足豈潔？許由耳何淄？
紛然立名字，此水了不知。
毀譽有時盡，不知無盡時。
朅來廉泉上，捋鬚看鬢眉。
好在水中人，到處相娛嬉。

水的本質是乾淨的，如果不乾淨，都是被外物給攪撓的。這廉泉在陽光下，被光線折射出各種色彩，象徵著吉祥，讓見者歡喜。

「廉者爲我廉，我以此名爲」，廉泉這名是爲我而取的，我一直就是這麼做的。東坡青年時便說：**「世人鶩朝市，獨向溪山廉。」**世人都愛擠向熱鬧的朝廷名利，只有我喜歡大自然的清白乾淨。在黃州時，東坡又說**「東坡先生取人廉，幾人相歡幾人嫌。」**意思是，我喜歡手腳乾淨思想清白的人，儘管有人同意我，有人不屑我。所以**「廉者爲我廉，我以此名爲」**是東坡自始至終的自信。

但如今他反思，這樣的標榜對嗎？把人如此分別歸類是好事嗎？**「有廉則有貪，有慧則有癡」**，這話說得就像《老子》：「大道廢，有仁義；智慧出，有大僞；六親不和，有孝慈；國家昏亂，有忠臣」似的。王弼注曰：「甚美之名，生於大惡，所謂美惡同門。」所以是不是不要有任何標籤，不要二元對立，沒有分別的自然，才更接近於大道呢？

曾經的東坡認爲，對廉潔的堅持沒有錯。現在則檢討，自己是不是給人貼標籤了，有沒有不給人留過餘地呢？

接下來，東坡提了兩個與水有關的人，在他們的故事中，水名與人格都相反。

柳宗元貶謫永州時作了〈八愚詩〉，序曰：「**予以愚觸罪，謫瀟水上。愛是溪，……家是溪，……故更之爲愚溪。……嘉木異石錯置，皆山水之奇者，以予故，咸以愚辱焉。……**」柳宗元並沒有做任何違法的事，之所以貶謫永州，是因爲政治改革失敗，得罪了權貴。眞要說錯在哪裡，只能是智慧不足，愚蠢吧。在這裡，柳宗元說，一切都是我蠢，所有的好山好水都因爲我的關係，而冠上了愚蠢這個屈辱的名字。

東坡說：「有慧則有癡。誰爲柳宗元？」認爲自己很蠢，命名愚溪，住在愚溪的柳宗元，眞的蠢嗎？他難道不更像是一個智者樂水的人嗎？你說他是慧還是癡呢？

東坡又說：「有廉則有貪，孰是吳隱之？」

吳隱之，東晉名臣。向來以孝義廉潔聞名，因此桓溫派他到貪汙最嚴重的廣州去。廣州有很多奇珍異寶，地方官幾乎都嚴重貪汙，東晉朝廷派吳隱之到廣州當刺史，希望他能改善地方政府的風氣。

在吳隱之快到廣州城大約二十里處，一個叫石門的地方，有泉水名曰「貪泉」。傳說喝了貪泉的人，就會變得貪得無厭。

吳隱之在此對親人說：「**不見可欲，使心不亂。越嶺喪清，吾知之矣。**」別去看可愛的東西，心就不會亂，（這是引用《老子》說的）。但過了大庾嶺，要保持清白很難，我知道。吳隱之把話講在前頭，是替家人打預防針。這劑預防針就是「不見可欲，使心不亂。」這裡珍寶很多，眼睛別亂看！

然後吳隱之舀了一瓢「貪泉」水喝了，說：「**古人云此水，一歃懷千金。試使夷齊飲，終當不易心。**」古人說喝一口貪泉，就會貪心。試著叫伯夷、叔齊來喝喝看，我相信聖之清者並不會因為一口水就變得不清了。因此，喝了貪泉水的吳隱之，在廣州當州長的期間，比在中原更加廉潔，吃的更簡單，改變了嶺南官僚的風氣。喝貪泉而不貪，一舉破了來此地貪的合理藉口。

從柳宗元來看水的慧與癡，從吳隱之來看水的廉與貪，都是誰給的標籤呢？

「漁父足豈潔？許由耳何淄？」

《楚辭》漁父的歌唱道：「滄浪之水清兮，可以濯吾纓，滄浪之水濁兮，可以濯吾足。」水是乾淨的，我來洗帽子；水髒了，我就來洗腳。於是東坡問，那漁父的腳洗乾淨了嗎？

堯帝想禪讓天下給許由，又想召許由爲九州長。許由連聽不都想聽，一聽到就跑去潁河洗耳朵，因此潁河又名洗耳川。放牛的巢父聽了洗耳朵的許由這麼說，覺得這傢伙太做作了，認爲洗耳朵的水會髒了我小牛的嘴，於是牽著牛到上游處再喝水。有句話說一山還有一山高，許由和巢父是清高還有更清高。

東坡的提問是反思，滄浪的濁水把漁父的腳洗乾淨了嗎？許由的耳朵是怎麼髒了穎川水呢？

「**紛然立名字，此水了不知。**」從古至今，人們興致勃勃的到處幫水取名字，愚溪、貪泉、滄浪之水，洗耳河……。這些名字於水本身是沒有意義的。水的名字從來與水的本質無關。水就是水。任憑人家怎麼叫，總是清者自清，「**此水了不知**」，但「**水性故自清**」。

以上東坡這麼長的鋪陳，就是要支持下面兩句話：

「**毀譽有時盡，不知無盡時。**」

東坡剛被林希代擬的詔書，狠狠的罵過。林希這個人，以前對東坡父子三人的恭維，不遺餘力，而今全換了一副嘴臉，在給蘇轍的謫辭中寫道：「**父子兄弟挾機權變詐，驚愚惑眾**。」蘇轍捧書哭說：「**某兄弟固無足言，先人何罪邪？**」罵我們兄弟也就算了，幹嘛還扯到我爸！

林希給東坡的謫辭更說：「**雖汝軾文足以惑眾，辯足以飾非，然而自絕君親，又將誰懟？**」東坡看了，只不屑的說了一句：「**林大亦能作文章邪？**」林老大現在也這麼有想像力，愈發能編了嘛！

看兄弟兩人的回應，就可以看出他倆不同的性格。看起來好像東坡的心大，其實東坡是不帶髒字的回懟了林希，挺能編的嘛你，這虛偽的傢伙！

東坡做官一生廉潔，做事向來兢兢業業，到頭來貶官不算，還被寫得如此不堪，至此他終於領悟到，毀譽真的是假的。

東坡年輕的時候，曾說：「**名聲實無窮，所以持死節。**」又說：「**富貴一朝名不朽。**」當時太年輕，很單純，以爲名聲恆久遠，比富貴更眞實，是可以生死以之，不計代價去贏得的。但經過了大半輩子的歷練，而今他是眞的體驗到，別人要怎麼講你，怎麼寫你，未必需要事實，你眞的管不了。好在東坡現在不再對名聲有那麼大的執著了，他說「**毀譽有時盡**」，任何謠言或吹捧都有盡頭，「**不知無盡時**」，只要我不在意，誰也奈何不了我，只要我不知道，風言風語困擾不了我。

「**不知無盡時**」也呼應了前面說的「**此水了不知**」，水無感於人類給它的許多標籤，亙古以來，該清澈就清澈，該唱歌就唱歌。這提醒了東坡，不管別人怎麼講我，都不能影響我之所以爲我。

「揭來廉泉上，捋鬚看鬢眉。好在水中人，到處相娛嬉。」

東坡在廉泉上，看著自己的倒影，拉拉鬍鬚與鬢腳，捋一捋眉毛，慶幸自己還好好的，不管別人怎麼說，我還能到處看山看水，遊戲人間。別人怎樣說我不重要，我心自在最重要！

東坡被毀謗，被惡意中傷，被貶謫嶺南，但在顛沛流離的路上，他沒有錯過風景與創作。如果我們的條件，比東坡當時的處境還稍好一些的話，我們又怎能輕易的錯過自己寶貴人生的風景呢？

三、度嶺重生

秦漢時大庾嶺以北是中原文明，以南是未開化的南蠻、百越。秦時梅鋗，漢代庾勝，在此築工事，御百越，**「以庾勝戍守」**，名為大庾嶺，**「以梅鋗得名」**，亦稱梅嶺。所以在秦漢時，大庾嶺是保護中原的天然屏障，天然長城。但到了唐朝，大庾嶺以南也成了唐朝的嶺土，大庾嶺這座屏障變成交通阻礙。於是唐玄宗的宰相張九齡，自請到大庾嶺來開闢驛道，並於嶺上遍植梅花，從此嶺南與中原的文化能直接互動，貨物也能直接流通。宋仁宗嘉祐年間，在大庾嶺設關，叫梅關，並種植松樹。如今這條大庾嶺驛道成了中國目前保存得最長最完好的古驛道。

唐宋以來，嶺南亦是國土疆域，但詩人每每在度嶺的時候，仍然會有去國之悲。唐代宋之問在〈度大庾嶺〉寫道：**「度嶺方辭國，停軺一望家。魂隨南翥鳥，淚盡北枝花。」**過了大庾嶺，就算離開中原。此去生死未卜，未必能再回中原，因此古代被貶謫的文人來到這裡，很少有不感到加倍哀傷的。東坡兄弟之前雖然也被貶謫過，但貶謫到大庾嶺以南的意義不同，放逐的處罰意味更重。過了大庾嶺，便是一個新的里程碑，很少有被貶謫的罪臣在過嶺的時候不哭哭啼啼的。

而東坡在過嶺的時候，一門心思，是想要尋訪有名的龍泉，因而來到了龍泉所在的龍泉寺，並在龍泉寺的大鐘上題下〈過大庾嶺〉一詩：

一念失垢汙，身心洞清淨。
浩然天地間，惟我獨也正。

今日嶺上行，身世永相忘。
仙人撫我頂，結髮受長生。

「一念失垢汙，身心洞清淨。」垢汙是什麼？我把它理解爲《六祖壇經》中提到塵埃。迷的時候有塵埃，所以需要「時時勤拂拭」，悟的時候便「本來無一物」了。一旦徹底了悟煩惱的空性，就會發現本來面目是清清淨淨一塵不染。所以《壇經》說：「何期自性，本自清淨。」

這是東坡對禪宗核心思想的體會，迷的時候有垢汙，悟的時候無一物。

「浩然天地間，惟我獨也正。」《莊子・德充符》：「受命於地，唯松柏獨也在，冬夏青青。受命於天，唯舜獨也正，幸能正生，以正眾生。」受到土地的恩賜，所有植物中，只有松柏，冬也青青，夏也青青，任何季節都青青翠翠。接受天命的舜，能端正自己的身心，所以能引導、教化眾生的身心。

宋仁宗嘉祐年間，開始在梅嶺上種許多松樹，所以東坡過大庾嶺時，放眼望去的是松樹。東坡過嶺，已是農曆九月，深秋時節，山上已冷。清晨與傍晚，一片秋霜，秋霜之下，松樹依然青翠。這是松柏受命於地。而過嶺的東坡，身心坦然，回首前塵，向來堂堂正正，因此，蘇東坡是抬頭挺胸，正氣凜然的邁過這座大庾嶺的，所以說：

「浩然天地間，惟我獨也正！」

「身世永相忘」，可以溯源看白居易的兩首詩，一是〈渭村退居〉：「斷癡求慧劍，濟苦得慈航。可憐身與世，從此兩相忘。」或是〈詔下〉：「我心與世兩相忘，時事雖聞如不聞。更傾一樽歌一曲，不獨忘世兼忘身。」

而東坡說，「今日嶺上行，身世永相忘。」今天過了大庾嶺，我就不是昨天的我了，我不再回首往事，過去種種憂悲喜樂就全部翻篇吧，隨風而逝吧，過了大庾嶺，我就當是再世爲人了，將重生一個嶄新的我！

「仙人撫我頂，結髮受長生。」這兩句詩完全搬自李白詩。李白說自己曾經被神仙傳授過長生術，原本能成仙的，但誤入凡間，受苦受難。李白：「仙人撫我頂，結髮受長生。誤逐世間樂，頗窮理亂情。」

同樣是被流放，李白講我本能成仙，現在落難成凡人。但東坡這裡的用意完全相反，我過去是凡人，今後要學神仙。以仙人比喻在龍泉寺遭遇的法師。「受長生」意指將以修道人的身分重生。今天聽到法師的開示，今後我就要重生了。人間的繁華榮耀太短暫，生命太寶貴，還有更值得我追求的世俗之外。

四、南華訪祖師

大庾嶺在江西虔州和廣東南雄州之間。過了南雄州，漸行來到廣東的韶州。中國南宗禪的祖庭就在韶州曹溪南華寺，六祖惠能大師在此創立禪宗，肉身不壞，亦供奉在此。

走到這裡，東坡是應驗了自己的一語成讖。

元祐元年東坡事業正平步青雲，要扶搖直上的時候，卻莫名寫了這麼兩句詩：「**願求南宗一勺水，往與屈賈湔餘哀。**」願向南宗禪的祖師求一勺曹溪水，去洗掉屈原和賈誼的悲哀。而今東坡竟然應了這個詩讖，真的來到南宗禪的祖庭，但急需要洗的，卻是自己的悲哀。

來到南宗禪的祖庭終究是難得的，見到了六祖惠能大師的金身，隔著數百年的時空，東坡與大師有一段對話，見於古詩〈南華寺〉：

> 云何見祖師？要識本來面。
> 亭亭塔中人，問我何所見？

可憐明上座，萬法了一電。
飲水既自知，指月無復眩。
我本修行人，三世積精鍊。
中間一念失，受此百年譴。
摳衣禮眞相，感動淚雨霰。
借師錫端泉，洗我綺語硯。

東坡已經見到祖師的全身舍利了，還在問怎麼樣才能見到祖師，所以東坡並不滿足於見到祖師的肉身，還想要見祖師的精神、祖師的心、祖師所悟的道。「**云何見祖師？要識本來面。**」這是東坡的自問自答，若要見祖師，先見自己面。因爲每一個人的本來面目，都與祖師的沒有不同。能自見，就等於親見祖師，沒有生死隔閡。

「亭亭塔中人，問我何所見？」於是塔中人（就是祖師，六祖惠能）問我，我見到了什麼？然後東坡用四句話，報告他在《六祖壇經》所見的心得。

「可憐明上座，萬法了一電。飲水既自知，指月無復眩。」

在《六祖壇經》中，惠能大師帶著五祖的衣鉢，從湖北黃梅來到大庾嶺。追著衣鉢而來的許多人裡，有一位惠明法師，出家前是將軍。他對躲起來的惠能大師說，我爲法而來，不爲衣鉢而來：「望行者爲我說法。」於是惠能現身說法：「不思善，不思惡，正與麼時，那箇是明上座本來面目？」惠明言下大悟。……曰：「惠明雖在黃梅，實未省自己面目。今蒙指示，如人飲水，冷暖自知。」

西方哲學家說**「我思故我在」**，然而我們往往在雜亂的思緒中迷失了。迷失了本來面目。思想並不等於智慧，往往不過是我們回收的有限數據，所以**「不思善不思惡」**，不是不分善惡。而是不被既有的思想偏見所綁架，從而清楚的看見眞相。看見，才是智慧。而平等心是智慧的條件，所以「不思善不思惡」，要的是平等心。惠明依此而了悟，此番徹悟，如人飲水，冷暖自知。

東坡說**「可憐明上座」**，是東坡羨慕明上座，羨慕他**「飲水自知」**，已嘗到法味，已認出自己的本來面目。從此**「指月無復眩」**，再不會將手指誤認做月亮（將佛學當作佛法）。

《首楞嚴經》中以月亮比喻自性清淨心：「如人以手，指月示人，**彼人因指，當應看月；若復觀指以爲月體，此人豈唯亡失月**

輪，亦亡其指。」這段經文在比喻法師想引導學人透過經典認識眞正的佛法，但學人卻執著文字，以文字爲佛法，這是昡於指月。只有眞正悟入法味的人，才可以「**指月無復昡**」，不再迷惑。

東坡既已從經典中，清楚理解到祖師和惠明大徹大悟的故事，爲什麼東坡還不能解脫呢？還在輪迴裡受罪呢？他說：

「**我本修行人，三世積精鍊。中間一念失，受此百年譴。**」

東坡本是多生多世的修行人，只因一念之差，來此人間受這一世的處罰，意思是我這一輩子就是來受罪的。東坡五十六歲知潁州時也說過類似的話：「**我本三生人，疇昔一念差。**」很可能東坡尙存著前世隱約的記憶，他早年在杭州時也曾說：「**前生我已到杭州，到處長如到舊遊。**」當東坡第一次到杭州壽星院時，剛進門就想起了後院的堂殿山石等等整個建築布局，整座寺院爲人知的或不爲人知的地方，全部自動湧現到東坡的腦海裡。又比如東坡的母親在懷孕時曾夢到一位僧人說要來借宿。凡此種種，讓東坡覺得自己前世定是個修行人，但怎麼如今還在輪迴的困惑中浮沉呢？**「中間一念失，受此百年譴。」**

東坡知道這怪不得任何人，只是很慚愧自己的過失。

「一念之失」這麼嚴重嗎？當然。黃河決堤都可能只因爲一條小小的裂縫，所以可以一念天堂，也可能一念地獄，心念就是這麼重要。因此有位禪師說，防護心念，應當要像防護黃河決堤一樣的謹慎。

「摳衣禮眞相，感動淚雨霰。借師錫端泉，洗我綺語硯。」

東坡對著六祖金身深深頂禮時，忍不住淚光閃閃，眼淚掉個不停，不是因爲天涯流落而悲傷，而是此時迷途願返的感動，自己離本來面目是這麼的近，卻又這麼的遙遠。最後這一步要怎麼跨越呢？只能說請祖師幫幫我吧！東坡自我檢視，到底自己最大的過失在哪裡呢？發現自己最大的毛病就是「綺語」。所以他祈求能得到祖師的加持，改掉這個毛病！

所謂「綺語」，屬於佛教妄語戒的內容，不是說漂亮話叫做綺語，而是所有無意義的閒話，無利於眾生的話，都叫「綺語」。因爲無意義的話，與智慧不相干；無利於眾生的話與慈悲亦不相干。與慈悲和智慧都不相應的閒雜言語，通常會與貪瞋癡相應。當世俗的心放得重了，智慧的心就弱了。對世間法的興趣濃了，對佛法的嚮往就淡了。信口開河的時候，不知不覺已經密密麻麻種下了多少生死的種子，所以要出離輪迴，綺語是一定要避免的。

東坡提到的綺語，還加了一個「硯」字。表示不只是說出來的話，還有寫出來的文字，都可能犯綺語戒。比如東坡曾經寫詩「**願求南宗一勺水**」，這下真的來曹溪了。才發現，自己還真多嘴。於是求求祖師治治自己這個多嘴的毛病吧！東坡這麼說的時候，自己都「**感動淚雨霰**」，挺激動的！

當晚東坡就住在曹溪的南華寺。

也不知道是當晚的事，還是多年後東坡要返還中原時的事，同樣在曹溪南華寺過夜。釋惠洪在《冷齋夜話》記載：「**東坡夜宿曹溪，讀《傳燈錄》，燈花墮卷上，燒一『僧』字。（東坡）即以筆記**

於窗間曰：『山堂夜岑寂，燈下讀《傳燈》。不覺燈花落，荼毘一個僧。』」荼毘是僧人圓寂後的火化，燒了一個僧字，被他說成燒了一個僧。

這種愛說又愛寫的風趣，終究是積習難改啊！

五、嶺南的好人緣

東坡一路南行，離朝廷愈遠，所受到的歡迎愈熱烈。先是東坡從韶州坐船，經由北江，來到清遠。清遠是很美的地方，東鄰韶關，東南接廣州。在這裡東坡處處受到熱情的招待與圍觀。有一位顧秀才，很熱心的向東坡介紹惠州的種種風物。此處風土人情的善良與溫暖，東坡都寫在詩裡了，〈舟行至清遠縣見顧秀才極談惠州風物之美〉：

到處聚觀香案吏，此邦宜著玉堂仙。
江雲漠漠桂花溼，梅雨翛翛荔子然。
聞道黃柑常抵鵲，不容朱橘更論錢。
恰從神武來弘景，便向羅浮覓稚川。

東坡在元祐初年曾任哲宗的起居舍人。朝廷初一、十五覲見皇帝的排班，總由起居舍人捧著香案站在最前面。同年，東坡官升至翰林學士。玉堂，就是翰林學士院。所以「**香案吏**」和「**玉堂仙**」，都是東坡在說自己。

「**到處聚觀香案吏，此邦宜著玉堂仙。**」東坡說明自己受到歡迎的熱烈程度，百姓們幾乎是用迎媽祖的方式來歡迎他，純樸的熱情，毫不保留的熱鬧，東坡也喜歡，所以說這地方正適合我這人啊！

接下來兩聯，是顧秀才對東坡形容的惠州風物之美，東坡記得的，全是有關吃的。

「**江雲漠漠桂花溼，梅雨翛翛荔子然。**」惠州至今還有二十幾條河流流經，最大的是東江和西枝江。煙雨濛濛的江岸邊，正是桂花開放的季節，正好做桂花酒、桂花釀、桂花糕，種種點心。而梅雨過後，除了梅子成熟，還有荔枝。在樹上結得火紅火紅的荔枝，又好看，又好吃。

「**聞道黃柑常抵鵲，不容朱橘更論錢。**」荔枝的季節過後，緊接著黃柑和朱橘又上市了。一年四季物產豐饒，而且便宜到根本不算錢，路邊隨便採，隨便吃，都是又香又甜又多汁。

聽來的確是令人期待的地方，然而江雲與梅雨也隱約透露了，惠州比其他地方更潮溼。東坡一家都是北方人，而惠州的緯度相當於臺南，氣候與水土不服將是一大考驗。

「**恰從神武來弘景，便向羅浮覓稚川。**」

兩句詩用了兩個典故。一是南朝．陶弘景「**上表辭官，掛朝服於神武門，退隱江蘇句容句曲山**（茅山）四十五年，享壽八十一歲。」二是《抱朴子》的作者葛洪，字稚川。是道教中神仙級別的人物，曾隱居於廣州與惠州之間的羅浮山煉丹。羅浮山是自秦漢以來有名的仙山，傳說山上多仙人。

東坡說，就當我是從朝廷隱退的陶弘景，帶著滿心的期待，去遊羅浮山，拜訪葛仙人。

在清遠這個美好的地方遇見溫暖的人情，與能言善道的顧秀才，得知惠州也是風物美好的地方，應該還是讓東坡一家人放心不少。

接著，東坡一家來到廣州。宋代因爲西夏崛起，控制了河西走廊，陸上絲路不通暢，海運因而更發達了。廣州是海上絲路的起點。

東坡九月至廣州，沒聽說有去看海，而是一頭扎進白雲山。白雲山不高，卻是廣州羊城第一山，有著許多神話故事。傳說秦代安期生、晉代葛洪都在白雲山得道，這裡也有呂洞賓的神蹟。

首先東坡沒有驚動在地人帶路，自己到處走走，逛逛風景。用探險的精神尋幽訪勝。傳聞這附近有很好的泉水，東坡憑著直覺與嗅覺，眞的自己找到了泉源，很是得意。記在〈廣州蒲澗寺〉一詩裡：「不用山僧導我前，自尋雲外出山泉。千章古木臨無地，百尺飛濤瀉漏天。昔日菖蒲方士宅，後來薝蔔祖師禪。而今只有花含笑，笑道秦皇欲學仙。」

蒲澗寺爲什麼叫蒲澗寺？因爲這裡有很好的山泉，就叫蒲澗。《太平廣記》說它甘冷異常，又甜又涼。喜歡喝茶的東坡，對水向來很敏感很講究。蒲澗寺除了好水，還有好樹，神木群生長在懸崖峭壁上，橫空絕出。傳說秦代的方士安期生曾在這裡採菖蒲，吃菖蒲，在這裡得道成仙。還聽說蒲澗寺便是當年安期生的住處，曾是道士家，後來才成爲佛教禪宗的道場。

東坡自行走來，眼前既沒有修道成仙的方士安期生，也不見拈花微笑的佛陀。東坡一路走進山裡來，迎向他的只有一路綻放的含笑花，綻放著笑意，也綻放著香氣。東坡於是開玩笑的說，花在笑什麼呢？還在笑那個來這裡想學仙的秦始皇吧！

「**而今只有花含笑，笑道秦皇欲學仙。**」仙氣是輕的，欲望是重的，秦始皇帶著那麼重的欲望，怎麼可能學成神仙呢？這種癡心妄想，連花都笑了。東坡這裡的文筆寫得有趣，從秦始皇來學仙，到東坡來蒲澗寺，這裡的含笑花，是一笑一千年啊！這一笑一千年的想像，體現的是東坡心情的輕鬆。

來到這麼深幽勝絕的地方，東坡很自在，既沒有求仙求道的渴望，也暫時放下了「**道濟天下之溺**」的志向，純粹喜悅於找到水源的成就感，此時只管享受眼前的山水、山路的花香，以及自然漾起的見花微笑的笑意，至於其他世俗的欲念，在此都一笑了之了。

信步逛過山頭之後，東坡才向蒲澗寺裡拜碼頭。蒲澗寺的住持是信長老，這是一位很親切，洞察力很清晰的高僧。東坡意外的和這位長者很投緣。兩人在一通機鋒的答辯之後，是東坡敗下陣來，竟承認自己於佛法尚是門外漢，頂多只是儒家的君子而已。這體現在東坡所寫的〈**贈蒲澗信長老**〉一詩中。

優鉢曇花豈有花？師問此曲唱誰家？
已從子美得桃竹，不向安期覓棗瓜。

燕坐林間時有虎，高眠粥後不聞鴉。
勝游自古兼支許，爲採松肪寄一車。

在蘇軾詩的各個版本中，第二句都是「**問師此曲唱誰家**」，因爲這是禪宗公案中熟悉的句式，傳抄時便容易筆誤而這麼寫。但東坡的原詩不會是公案裡的成句，而是作了微妙的調動，應是「**師問此曲唱誰家**」。就七言律詩的格律而言，首聯第一句第二個字是平聲時，第二句的第二個字就必須是仄聲，才符合近體詩的格律。也才符合第一聯詩是法師的提問，第二聯才是東坡作回答。

「**優鉢曇花豈有花？師問此曲唱誰家？**」

從信長老的提問看來，兩人已有過一番深談，信長老既知東坡對佛法的宿慧，又發現東坡所學太過龐雜。從東坡的詩稿中「**恰從神武來弘景，便向羅浮覓稚川**」，看到了東坡對神仙的嚮往，想追求長生術，不禁問東坡：「**優鉢曇花豈有花？**」

優鉢曇花，代表的是佛法極爲難得。如《大般涅槃經》：「**佛出世極爲難遇，如優曇鉢花時一現耳。**」又如《法華經》：「**佛告舍利弗，如是妙法，如優曇鉢花，時一現耳。**」

信長老這句「**優鉢曇花豈有花？**」問東坡的是，你心裡的優曇鉢眞的有開花嗎？你眞有體會到佛法的法味嗎？「**師問此曲唱誰家？**」信長老又問東坡，佛法和道法你到底要學哪一家呢？

信長老很精準的指出東坡的問題是，所學龐雜。讓東坡想清楚成佛和成仙你到底怎麼選？神仙雖然逍遙，但還在輪迴裡啊，神仙壽命雖長，畢竟不是永恆。雖然都是修，道法追求的是長生，佛法修的是無生。兩家的目的地不同，葛洪的長生煉丹術並不可取。

對談過後，東坡自知於佛法的實踐是遠不及格的，於是乖巧的回答「**已從子美得桃竹，不向安期覓棗瓜。**」這兩句詩提到兩個人，一個是詩人子美，一個仙人安期生。

子美是杜甫，史稱詩聖。賢聖是儒家人格的最高追求，杜甫的思想與情操正屬於儒家。杜甫〈桃竹杖〉詩：「**爾之生也甚正直，慎勿見水踴躍學變化爲龍。**」因此東坡說：「**已從子美得桃竹**」的意思是，以儒立命的我，不會改變孔門弟子的正直，不會見水而變化爲龍，不會去追求變化成仙。

安期生吃棗瓜的故事見於《史記》，漢武帝時有個神棍李少君說，他曾經在海上遊歷，見到過仙人安期生，正吃著一種大棗，像瓜一樣大。

東坡說「**不向安期覓棗瓜**」，意思是，不會去追求長生不老的神仙術。

信長老問東坡唱的是哪家的曲，佛家還是道家？東坡回答，是儒家。東坡這裡不敢說自己對佛法有多高的體悟，班門不敢弄斧，又順從了長老的告誡，不該追求長生，於是說我是以儒立命的本懷。

接著東坡用一句詩來讚美信長老的修行，又一句詩講自己的不修行。

「**燕坐林間時有虎，高眠粥後不聞鴉。**」

《高僧傳》中，宴坐樹林時有老虎來皈依的，都是高僧。例如

《續高僧傳》卷十八：「釋法進……惟業坐禪。寺後竹林，常於彼坐。有四老虎遶於左右。」又如《續高僧傳》卷二十五：「釋僧林，吳人。深有德素。……後往赤水巖故寺中，屋宇並摧，止有叢林，便即露坐。有虎蹲於林前，低目視林，乃爲說法，良久便去。」又如《法苑珠林》卷十九：「晉沙門釋法安者……徑之樹下，坐禪通夜。向曉有虎負人而至，投樹之北。見安如喜如跳，伏安前，安爲說法授戒，虎踞地不動。有頃而去。……自茲以後而虎患遂息。」

所以「**燕坐林間時有虎**」，這是東坡對信長老的恭維，恭維信長老也是能安坐樹林伏虎的高僧。

而「**高眠粥後不聞鴉**」，講的是東坡自己，是吃過了早餐就能睡，或一覺能直接睡過了早餐的，根本聽不到早起鳥兒的聒噪，或人世的是非。對東坡而言，睡得好就是好工夫，兩耳不聞世間事就是好境界了。

在《傳燈錄》中有個與「聞鴉」有關的故事，是唐代宗的宰相杜鴻漸向益州無住禪師求法，當時庭樹鴉鳴。

公問：「師聞否？」師曰：「聞鴉去。」

又問：「師聞否？」師曰：「聞。」

公曰：「鴉去無聲，云何言聞？」……

師曰：「聞無生滅，聞無來去。」

在這則公案中，無住禪師以「聞鴉」來開導學人的悟性。而東坡在詩中說自己「不聞」，是謙虛的表示自己悟性不夠。

簡而言之，「燕坐林間時有虎」是講信長老有修有證的境界，「高眠粥後不聞鴉」則講東坡自己，無修無證，只一件值得提的，就是睡得挺好。前一句是稱讚信長老是高僧，後一句，是滿意於自己當個閒人，像個高士。於是緊接著提了一對史上著名的高僧與高士的友誼。

「勝游自古兼支、許，爲採松肪寄一車。」支道林和許詢，分別是晉代的高僧與高士，兩人交情很好，但志趣不同。杜甫有詩爲證：「從來支、許游，興趣江湖迥。」東坡舉這個例子表示，你是高僧，我是高士，我們可以像支道林和許詢那樣，是相得益彰的絕配！

松肪，即是松脂，可以點油燈，可以製墨，松煙墨特香。東坡在蒲澗寺的後山看到有大片的松樹林，所以向法師請求說，您採松脂的時候，寄一車到惠州來給我吧！熟悉東坡歷史的人會知道，東坡會開口主動要東西的對象，都是讓東坡很喜歡的人，想親近的人。如果不投緣的人，或不投意的事，再好的東西要送東坡，東坡都不會要。

「勝游自古兼支許」，最殊勝的交遊，自古以來就是出家人與在家人能兩心相照的搭配。「爲採松肪寄一車」，到了惠州，我就等您寄一車松肪來，讓我點燈，照我夜夜好讀書。

東坡在廣州白雲山上結識的這一位信長老，其實給了東坡非常重要的提示，原意是要東坡專心於佛法中修心就好，切莫要再求煉丹長生。東坡當時是信服的答應了，但後來因爲別的緣故，竟還是去積極煉丹服食，為此，他和朝雲都吃了不少苦頭，這是後話，等東坡到了惠州之後再說。

六、廣州結善緣

東坡在廣州，遇到老朋友章質夫剛從京官被調來廣州當知州。昔年東坡貶謫黃州，曾唱和過章質夫的〈水龍吟〉，可知章質夫的文學也很好，而章質夫不只是文學好，並且是北宋名將，能文能武。

廣州一敘之後，章質夫每月都給東坡送酒六壺到惠州，有一回東坡見信不見酒，還故意做一首詩去問，要給我的酒呢？〈章質夫送酒六壺，書至而酒不達，戲作小詩問之〉：

白衣送酒舞淵明，急掃風軒洗破觥。
豈意青州六從事，化爲烏有一先生。

可見章質夫是東坡很知己、很放心的朋友，東坡才會這麼直白的去信，不然人家又沒欠你，怎麼好意思問呢？四句詩用了四個典故，這是古人的淵博才能以如此精簡的文字，萃取出深趣。

「白衣送酒舞淵明。」有一年重陽節，陶淵明沒有酒喝，在屋子旁採了一大把菊花，然後枯坐在菊花旁發呆，呆了很久。看見有一位白衣人送酒來，陶淵明馬上精神抖擻起來，隨即就把酒給乾了。採菊與醉酒，似乎是陶淵明在秋天的日常。

東坡講這個典故，意思是我本來眼巴巴的在等著你的酒，看到你派的人過來，我高興的都跳起舞來了。陶淵明沒有跳舞，跳舞的是東坡。接下來這句詩更是形象的表現東坡的迫不及待：

「**急掃風軒洗破觥**。」破觥是破杯子。風軒，可能屋名叫風軒，也可能形容住的是風雨飄搖的破房子，所以叫風軒，年久失修，通風變漏風的屋子，與破觥正可以相提並論。在破房子裡的樂事，就是拿著破杯子等著喝你送來的好酒。

「**豈意青州六從事，化為烏有一先生**。」

東晉的權臣桓溫有個祕書很會分辨酒好不好。有人送酒，桓溫都先讓他試喝，兩人之間有著暗號，好酒就說「青州從事」，因爲青州有齊郡，酒氣能直達肚臍丹田的才是好酒。所以「**青州六從事**」意指章質夫的六壺好酒。

烏有先生來自司馬相如的一篇著名文章〈子虛賦〉，是一篇寓言故事。這篇故事裡有三個角色，一個名叫子虛，代表的是虛言，沒有這樣的話；一個叫烏有先生，代表沒有這樣的事；還有一個叫無是公，代表沒有這個人。東坡引用烏有先生，代表的就是沒有這件事。

這四句詩白話來講是：眼巴巴在等你送的酒來，一看到你的人，我先開心的跳起舞來。匆匆打掃我的破房子，洗好我的破杯子。哪裡想到來人只送來你的信，卻沒有酒的蹤影。

字面上，烏有相對於白衣。意義上，快樂跳舞的舞與迫不及待的急，代表了滿腔期待，相對於結局竟是烏有的失望。

這裡東坡會考慮的是，朋友的使者辦砸了事情，到底要不要跟朋友說呢？要說嘛，打小報告好像不是很大器。不說嘛，就不是「友直」。朋友的屬下辦事不力，都不說的話，哪天有可能就誤了朋友的大事。所以權衡輕重，還是要說，只是怎麼說呢，東坡選擇幽默的說，所以是戲作小詩。沒有太嚴肅，但該傳達的還是要傳達。

東坡在廣州也盤桓了一些時間，觀察到廣州民生用水的困難。廣州靠海，抽出來的地下水，又苦又鹹。天氣回溫的時候，疾疫就來了。有錢有權的人可以派人去劉王山取水，平民百姓卻只能忍受苦鹹的井水。東坡雖然僅僅只是路過廣州，但剛好廣州前後兩任太守章質夫和王敏仲都是東坡的老朋友，於是東坡本著水利工程的經驗，為廣州設計了自來水系統，引蒲澗山的山泉入城供水。東坡還找到羅浮山的道士鄧守安，是個能人，來擔任這個工程的執行長，於是促成了廣州城有了最早的自來水。東坡凡到一個地方，都不會放過任何一個利益地方的機會。

於此同時，東坡弟蘇轍「再貶左朝議大夫知袁州，試少府監分司南京，筠州居住。」若說這是一波又一波針對舊黨推翻新法的清算，至今蘇轍再貶至江西，仍是一州之長，處罰還不如東坡重。雖然，蘇轍才是元祐年間贊成盡廢新法的人，蘇轍也才是逐章惇出朝廷的人。

但是，對皇帝而言，蘇轍元祐十年間沒有離開京城，是願意陪伴皇帝的人。對章惇而言，皇帝沒那麼愛蘇轍，蘇轍存在的威脅沒那麼大。

元祐年間，東坡曾經和章惇並肩捍衛過新法，爲何東坡受到的懲處卻是最重的呢？因爲皇帝對東坡，是由愛生恨，而章惇對東坡，也是曾經愛之深，如今責之切。東坡之受罪，全是因爲被愛之累，而非理性的指責。

東坡在廣州東莞留下一篇〈資福禪寺羅漢閣記〉，提到「**眾生以愛，故入生死。由於愛境，有逆有順，而生喜怒，造種種業。**」想來對於由愛變恨的無常，東坡如今是深有體會了。

離開廣州時，東坡有首詩〈發廣州〉：

朝市日已遠，此身良自如。
三杯軟飽後，一枕黑甜餘。

蒲澗疏鐘外，黃灣落木初。
天涯未覺遠，處處各樵漁。

古詩十九首說「相去日已遠，衣帶日已緩。」離我所愛愈遠，我愈憔悴。東坡說：「**朝市日已遠，此身良自如。**」廣州的熱鬧繁華，與過往的一切榮耀，隨著船行愈來愈遠，過往的愛恨也愈來愈遠。東坡是愛熱鬧的，但此刻漸漸遠離人群的他說「**此身良自如**」，身心仍是自在且安詳的，沒有因爲即將遠行偏僻而恐慌，處變不驚。

「**三杯軟飽後，一枕黑甜餘。**」在船上喝個小酒，溫暖而滿足，而且很放鬆。「軟」是形容放鬆，「黑甜」形容熟睡。船行毫不費力，熟睡之後，天地不知。好好睡上一覺，熱鬧與冷清，都接受，都自在。

「**蒲澗疏鐘外，黃灣落木初。**」船行愈來愈遠，蒲澗寺的鐘聲漸漸聽不見了，已來至黃灣。韓愈在〈南海神廟碑〉提到過黃灣，稱之為「黃木之灣」，即今日廣州東南的黃埔。

東坡發現此處氣候不同於北方。此時已是九月底、十月初，在北方已是深秋，早晚可能都降霜了，但南方溫暖，才剛落葉而已，竟然還不冷。

「**天涯未覺遠，處處各樵漁。**」這是東坡生平所到的最南方，此生離故鄉最遠的地方，所以叫天涯。但他說並不感覺疏遠陌生，沒有含悲忍辱的憂傷，因為「**處處各樵漁**」。故鄉四川有山有水，樵夫靠山吃山，漁夫靠水吃水，嶺南也是一樣，有山有水，樵夫一樣靠山吃山，漁夫一樣靠水吃水，所謂天涯，並沒有太大的差別，或特別遠的感覺。這就是東坡的溫柔與本事了，只要有人有土地的地方，東坡都可以和人親，和土親。

第四章　惠州風土

惠州城南有座飛鵝嶺，故惠州又稱「鵝城」。距廣州三百里，位於東江南岸。

東坡於紹聖元年十月初二，安抵惠州。惠州古來是瘴癘之地，好在東坡抵達的時間，是農曆十月，不是最溼熱折磨人的暑日，有一段可以慢慢適應的時間。

一、東坡的人情

流放的罪臣通常都有監押隨行看管與督促。一般而言，監押是個苦差事，出差費極低，離家又遠，押監和被監押的人常常是對立的角色。除非紅包給得大方，沿途請吃飯、請喝酒，不然監押很容易就把氣出在被監押的人身上。歷史上，就有貶謫廣西的大臣，被監押在路上給殺了（例如賈似道）。然而東坡一路行來，監押居然陪著東坡四處遊歷，成了像朋友一樣的旅伴。

來到惠州，監押的任務已完成，可以回家了，彼此竟都因爲要分開而依依不捨，惆悵莫名。

東坡寫給監押的信說：「君南來，清節幹譽，爲有識所稱。」

「清節」兩字說明監押沒有收受東坡的紅包。「幹譽」則是稱讚其能力極好，照顧東坡很周到。東坡又說：「兩漢之士，多起於游徼卒史，至公卿者多矣。願君益廣問學，以期遠到。」鼓勵這位監押要充實自己，將來也能有出人頭地的機會。東坡還作詩〈送惠州監押〉：

一聲鳴雁破江雲，萬葉梧桐卷露銀。
我自飄零是羈旅，更堪秋晚送行人。

農曆十月初，時序已是深秋，梧桐葉被秋風吹捲了葉面，吹乾了水分，露出了葉背的銀白。

秋冬時節，北方的大雁會成群結隊的到南方過冬。雁群一起飛會比較省力，翅膀拍動的氣流，可以互相借力使力。但當有一隻雁受傷或生病飛不動時，會有一隻雁也脫隊留下來照顧牠，直到牠康復，再一起繼續飛。或者傷雁過世，才會單獨離開，繼續踏上旅程，而成了孤雁。所以獨自在飛行的大雁，往往是有情有義，照顧夥伴到最後的孤雁。

東坡一行人從最北的定州南來惠州，四月走到十月，大約半年的時間，如同結伴的雁群，互相照顧，而現在剩下監押一個人要獨自北歸，像是落單的孤雁，讓東坡深感不捨。好像終於要回家的監押比被放逐的東坡自己還可憐的樣子。

「**我自飄零是羈旅**」，我飄零作客到這裡已經夠淒涼了。

「更堪秋晚送行人」，而你還得冒著寒風回北方去，路上可能會遇上冬雪，行路更難。漂泊的我都停下來了，而你還得繼續踏上奔波的路回家，回程只有孤身一人。東坡泛愛的同情，往往看著別人的苦難，就忽略了自己的。

二、惠州的人情

東坡初到惠州，有一首詩生動描寫了惠州的人情，〈十月二日初到惠州〉：

彷彿曾遊豈夢中？欣然雞犬識新豐。

吏民驚怪坐何事？父老相攜迎此翁。
蘇武豈知還漠北？管寧自欲老遼東。
嶺南萬户皆春色，會有幽人客寓公。

一到惠州，東坡覺得這地方很熟悉，是夢裡面來過嗎？「**彷彿曾遊豈夢中？**」我們會去的地方，會遇見的人，往往是有因有緣的，只是我們不記得了。但東坡的靈感比常人敏銳，他可以感受到似曾相識的熟悉。因爲這莫名的熟悉感，東坡沒有感到移民的生分，甚至感到欣然，喜悅，愉快，所以說「**欣然雞犬識新豐**」。

新豐，是漢高祖劉邦，爲父親營造的家鄉。由於劉父住到長安的皇宮裡，卻整日悶悶不樂。於是劉邦想到一個辦法，在長安計劃造鎮。太上皇的故鄉在沛縣豐邑，於是劉邦在都城長安仿照豐邑，造了個新豐，不但街道、店面、房屋、樹木等等風景都和豐縣一模一樣，還把老鄰居們也都搬遷過來，甚至小動物牲畜們也都移過來了。在新豐，雞飛狗跳的小動物們竟都能順利找到自己的家，可見造鎮造得多像。

來到惠州的東坡，感覺也是熟門熟路的，「**欣然雞犬識新豐**」，眼前一切像故鄉一樣的熟悉親切。惠州人看到這兩句詩，也會馬上把東坡當自己人，當鄉親。

「**吏民驚怪坐何事？父老相攜迎此翁。**」這裡的官民都關心著，東坡到底是犯了什麼事，大驚小怪的傳問著，怎麼會有大學士、皇帝師、大元帥、名滿天下的大詩人竟被流放到惠州來呢？民風淳樸的僻靜山城，一時間，扶老攜幼都來爭睹東坡的風采，擠著來看這位蘇大人。東坡本來就人來瘋，看到這麼多好奇又純樸的居民，也樂了。然後他用了兩個典故來類比自己之於惠州，一個是蘇武之於漠北，一個是管寧之於遼東。

「**蘇武豈知還漠北？管寧自欲老遼東。**」

西漢蘇武手持著代表漢天子的旌節，出使匈奴，但隨行的副將張勝，竟參與一起謀反事件，想綁架匈奴王的母親，事敗連累了蘇武。於是蘇武先被囚禁在一個大山洞裡，沒被餓死，又被流放到北海牧羊。匈奴對他說，只要擠出羊奶就可以回家，但給他放牧的卻全是公羊。

蘇武牧羊的北海在貝加爾湖，西伯利亞。一年有半年結冰，冬天零下十九度，夏天最熱十四度。蘇武如此堅持了十九年不投降。四十二歲出使匈奴，六十一歲回歸故土。出國的時候是壯年，回國的時候是個枯瘦憔悴的老人，困苦的生活讓他老得更快。還好天可憐見，回到漢朝的蘇武又活了二十二年，八十三歲才過世。蘇武在貝加爾湖的十九年，獨自孤單堅持著一份虛幻的氣節。還好最終回來中原了，名傳千古了。但如果蘇武是死在貝加爾湖，沒沒無聞於歷史呢？寶石並不會因爲沒戴在貴婦的手上就不是寶石了。忠貞就算不被看見，依然是珍貴的品格。

管寧是山東北海郡人。東漢末年，天下大亂，只有公孫度治理的遼東不亂，於是管寧去到遼東。公孫度知道管寧要來，留了別館等他。但管寧只去和公孫度打個招呼，就隱居到山谷裡，不爲政治服務。「**語唯經典，不及世事**」，和人從來只討論經典，不討論時事新聞。經典講的是古時候的事，或仁義道德的事，態度很清楚，來偏鄉是做教化的，不碰政治。

蘇武和管寧都是離鄉背景，孤懸異域。不同的是，蘇武是被迫留在漠北，而管寧是自己去到遼東。「**蘇武豈知還漠北？**」東坡和蘇武一樣是被迫生存異鄉，但東坡不知道自己能不能像蘇武一樣，有朝一日再回中原？但萬一不能回去，惠州於我東坡而言，就是管寧的遼東，「**管寧自欲老遼東！**」我就當作是自願來惠州的，惠州便是我避難的地方，我著書立說的地方，便是我可以教化百姓的地方。

「**嶺南萬户皆春色，會有幽人客寓公。**」

東坡到惠州的時間是農曆十月二日，已是深秋，哪來的春色呢？

東坡自注這是「**嶺南萬户酒**」，春色代表酒。中原有酒禁，只能官釀官賣，嶺南沒有酒禁，所以家家戶戶都可以自己釀酒。家家戶戶都熱情邀請東坡上門吃酒。所以東坡說「**嶺南萬户皆春色**」。此外，南方的天氣相對於北方更溫暖，這裡的人情也溫暖。所以農曆十月二日，明明是秋盡冬來的時節，看在東坡眼裡，卻溫暖得像春天。

「寓公」是流落的貴族，「幽人」是沒沒無聞的百姓們。作爲此詩的結語，東坡要說的是，我雖然像是流落的貴族，但是我在這裡既不寂寞，也不愁吃喝。

三、太守的禮遇

東坡在〈書東皋子傳後〉提到：「**南雄、廣、惠、循、梅五太守，間復以酒遺予。略計其所獲，殆過於東皋子矣。**」鄰州與惠州共有五州的太守，時不時就給東坡送酒，東坡每個月收到的酒，比當年唐代爲酒而當官的東皋子王績還更多。只是東坡自己喝得不多：「**予飲酒終日不過五合。**」漢代一合是二十公克，宋代一合是六十七公克，即使喝上一整天，也不過一瓶鋁罐啤酒。所謂「東坡酒量」，就是沒有酒量。東坡之所以需要酒，其實需要的是朋友。「**天下之不能飲無在予下者。然喜人飲酒，……閒居未嘗一日無客，客至未嘗不置酒。**」東坡來到惠州，沒有一天沒客人上門，只要有客人來，東坡一定備酒招待。「**乃日有二升五合，入野人、道士腹中矣。**」他的存酒大約有六分之五都讓野人與道士們給喝了，這些都是東坡在惠州新結交的朋友。

爲了留住新朋友能常來，東坡在惠州陸續開發了釀酒的新技能，樂此不疲的研究釀酒，先後釀過：萬家春、桂花酒、眞一酒、天門冬……。還寫了一篇〈**酒經**〉記載釀酒的心得。

此外，惠州太守詹範對東坡是一見如故，特別禮遇，以官府的合江樓賓館招待東坡暫居。此樓既可俯覽江水，又可遠眺羅浮山與象頭山，景觀絕佳！東坡欣然接受，而作〈**寓居合江樓**〉：

海上葱曨氣佳哉！二江合處朱樓開。
蓬萊方丈應不遠，肯爲蘇子浮江來。
江風初涼睡正美，樓上啼鴉呼我起。
我今身世兩相違，西流白日東流水。
樓中老人日清新，天上豈有癡仙人。
三山咫尺不歸去，一杯付與羅浮春。

惠州雖略顯荒涼，好在充滿天地大自然的生意盎然。「海上葱曨氣佳哉！二江合處朱樓開。」二江是西枝江和東江，兩江會合的地方，正是合江樓的所在。是一棟朱紅色的高樓，一開門戶，面對的便是大好河山，陽光灑照在蒼翠的林樹，遠望是開闊的江河，彷彿順著江水便能漂向海上仙山，眞個實現了東坡「**江海寄餘生**」的願景了。

「**蓬萊方丈應不遠，肯爲蘇子浮江來？**」蓬萊、方丈是古代仙山，東坡說仙山不遠，難道眼前竟是仙山？東坡遠眺可及的，應是羅浮山與象頭山，山景極美。東坡驚喜的說，不用去找仙山，仙山來找我了。

「**江風初涼睡正美，樓上啼鴉呼我起。**」若在北方，農曆十月已天寒了，但在南方惠州，十月還只是初涼而已，正舒服的初涼天氣讓東坡可以美美的睡到自然醒。睡飽之後再感歎一下：「**我今身世兩相違。**」身也相違，世也相違。「身相違」是身不由己，此身要去的地方從來由不得我，體力的衰退也由不得我。「世相違」是不容於世俗，東坡跟大部分的世人都是相處得很好的，不容於世俗，說的是不容於朝廷的人際關係。

「西流白日東流水。」人生的種種不如意，造就了日日閒著的我，在這景觀奇美的合江樓上，日復一日看著日出日落，看著流水去去不回頭。

東坡的西流白日，出處是曹植〈箜篌引〉的「白日西流」，原文是：「**驚風飄白日，光景馳西流。盛時不可再，……知命復何憂！**」當東坡寫下「**西流白日**」時，或許想著的是「**盛時不可再**」、「**知命復何憂**」！

當年位高權重，責任也重時，就算起得比太陽早，也沒時間看日出，睡得比月亮晚，也沒時間看日落。而在不容於世的如今，東坡偷得浮生日日閒，天天閒看日出日落，江水西流，反倒成了美事。

「**樓中老人日清新**」，合江樓中的老人，就是東坡，如今胸中無事，精神愈來愈好，心靈愈來愈空明。於是東坡開玩笑自問「**天上豈有癡仙人？**」愈是不問世事的我，愈是沒有城府，是不是也顯得愈來愈笨了呢，不知道天上收不收笨人當神仙？

「**三山咫尺不歸去，一杯付與羅浮春。**」但是給我當神仙我也不去。仙山離我很近，但我不願意成仙而去，我寧願留在人間，因爲人間有酒羅浮春。羅浮春，字面是酒，隱喻的是人間溫情。東坡愛這裡人間的溫情，即使有神仙洞府，也不願意歸去。

生活在合江樓上，吟賞山川風物，睡得美，喝得香，不需要去仙山，東坡自認已經快樂賽神仙了！可見東坡住合江樓是挺滿意的。

但是十幾天後，東坡便搬出合江樓，遷到嘉祐寺住。因爲有小道消息，朝廷派了一個東坡的世仇，即將要來廣東當提刑。東坡罪臣之身，不敢佔居公家的賓館，以免再取羞辱，故而隨即遷出合江樓。

四、嘉祐寺記遊

紹聖元年十月十八日，東坡遷居嘉祐寺。

東坡剛住到嘉祐寺時，聽說後山松風亭有一片好松樹林，一日興起便信步而往。留下一篇文章〈記遊松風亭〉：

余嘗寓居惠州嘉祐寺，縱步松風亭下，足力疲乏，思欲就

林止息。望亭宇尚在木末，意謂是如何得到？

東坡訪松風亭，一開始是「縱步」走，瀟洒的大步向前，但很快就走不動了，看著松風亭，還遠在樹梢之外，怎樣才能走得到呢？衰老何時悄然而至了呢？以前在更深山林裡，再危險的地方，東坡都有一分好勝心，使命必達。比如在黃州時，〈登武昌西山〉：**「西山一上十五里，風駕兩掖飛崔嵬。同游困臥九曲嶺，褰衣獨到吳王臺。」**那時一口氣走十五里路，在山路上健步如飛。同行的遊伴都累到路倒，不行了，東坡自己一個人撩起衣服繼續走到吳王臺。在〈後赤壁賦〉中也是，**「予乃攝衣而上，履巉岩，披蒙茸，踞虎豹，登虬龍，攀棲鶻之危巢，俯馮夷之幽宮。蓋二客不能從焉。」**

夜遊赤壁，同行的遊伴在船上等他，東坡因爲好奇，自己提著長衣，爬到懸崖峭壁上去張望。以上是當年勇，而今貶謫來惠州，姑且不論環境如何，今昔對比，體力實在大不如前。這種力從不心的困頓，令東坡錯愕。

良久忽曰：「此間有甚麼歇不得處！」由是如挂鉤之魚，忽得解脫。

東坡就地沉思了一會兒，覺悟到「**此間有甚麼歇不得處！**」就接受自己如今的體力吧，如同接受命運給他的所有考驗。誰說非得一定要到松風亭呢，想休息的時候，就是能休息的地方。放下使命必達的執著，得到一分坦然的輕鬆。接受自己，才能擁抱自己。「**由是如挂鉤之魚，忽得解脫。**」不再堅持目的地，饒過自己，就好像是從釣鉤上解脫的魚，江湖自在，生命自在。

若人悟此，雖兵陣相接，鼓聲如雷霆，進則死敵，退則死法，當甚麼時也不妨熟歇。

如果人能領悟，就算在兩軍交戰，戰鼓如雷之中，進攻將死於敵手，退卻會死於軍法時，這種進退兩難的時刻，也不妨可以停下來歇一歇吧！

人生最艱難的考驗，無非面對必死的困局，但事若至此，顧慮也沒有用，不如給自己片刻的寧靜。

回顧東坡的一生，向來很努力，做人、讀書、工作都很賣力，原想能早日退休。二十幾歲初宦鳳翔時，就和弟弟蘇轍相約早退，三十幾歲時又向朋友說：「**待君投紱我休官。**」四十歲那年寫詩給章惇說：「**早歲歸休心共在**」。始終嚮往著退休卻退不了的東坡，這時卻突然明瞭，哪裡我不能休呢？便在這裡放自己一馬吧！

有求皆苦，有時候，太用力反而是種障礙，放鬆才是修行的起點。

東坡初走松風亭，當時是途中放過自己了，但他並沒有躺平，而是慢慢鍛練體力，下回再來。

五、三探梅花

從東坡在松風亭下的三首詠梅古詩，可以得知在惠州的第一個冬天，東坡還是登上了松風亭，松風亭上正開放著大好梅花。如同黃州遇海棠一般，惠州遇梅花也給了東坡於謫地極大的寬慰。從冬到春，東坡訪梅至少走訪了三回松風亭。第一回〈十一月二十六日松風亭下，梅花盛開〉：

春風嶺上淮南村，昔年梅花曾斷魂。
豈知流落復相見，蠻風蜑雨愁黃昏。
長條半落荔支浦，臥樹獨秀桄榔園。

豈惟幽光留夜色，直恐冷艷排冬溫。
松風亭下荊棘裏，兩株玉蕊明朝暾。
海南仙雲嬌墮砌，月下縞衣來扣門。
酒醒夢覺起繞樹，妙意有在終無言。
先生獨飲勿歎息，幸有落月窺清樽。

「春風嶺上淮南村，昔年梅花曾斷魂。」昔年，四十五歲，正當壯年，在貶謫黃州的路上，東坡於難行的山路上欣見梅花，有詩「的皪梅花草棘間」。昔年是驚魂未定的壯年，而今是風燭飄搖的殘年，來到不落雪的南方。昔年貶謫湖北，尚在中原，今日再見梅花，惠州已在海角。梅花出現在這裡，就像是大自然對東坡的好心安慰。

梅花梅花幾月開呢？當年東坡在正月貶謫黃州，梅花在正月開，而今東坡在冬天來到惠州，梅花便冬月開。像在艱苦中時不時出現的老朋友，給予驚喜，給予安慰。

這一天東坡不知道走了多久，來到松風亭下已經黃昏了，而且是個有風有雨的黃昏。

「豈知流落復相見，蠻風蜑雨愁黃昏。」人生再一次從高處跌落，再相見，是更荒涼的邊地。蠻風蜑雨，表示惠州畢竟風土不同，不好對人言的，只能對花說。對著梅花，像對著熟悉的老朋友，東坡願意坦承自己的脆弱，直言不諱。

東坡細細描摹每一株梅花的姿態，一株是**「長條半落荔支浦」**，生在水邊，長條半落的梅花，照影於水塘。另一株**「臥樹獨秀桄榔園」，橫臥的梅樹，一枝獨秀的開放在桄榔樹叢中。

「**豈惟幽光留夜色**」，東坡從黃昏滯留到夜晚，見到夜色裡的白梅，白得發亮。「**直恐冷艷排冬溫**」，在這溫暖的南國，冰清玉潔的白梅開在這裡，東坡眞恐怕她會不合時宜，恐怕她會被這裡的冬天所排擠！東坡向來自認不合時宜，故而移情於梅花，與梅花惺惺相惜，松風亭下初見，東坡整晚相陪。

天亮前，東坡又發現了另外兩株白梅開在荊棘裡，「**松風亭下荊棘裏，兩株玉蕊明朝暾**」，荊棘叢裡，環境最艱難的兩株梅花，最早迎接太陽，晶瑩剔透的沐浴在日出的光輝裡。

「**海南仙雲嬌墮砌，月下縞衣來扣門。**」「**海南仙雲**」，還是形容梅花。花落階前的聲音東坡居然也聽得見，睡夢中梅花飄落臺階的聲音，讓東坡誤以爲是仙子來敲門。縞衣，是白衣，還是形容白梅。又是一天過去了，新月出來了。

第一個晚上，有風有雨，東坡說蠻風蜑雨，第二個晚上，月色晴朗，東坡還沒有回家，卻也睡飽了。

「**酒醒夢覺起繞樹，妙意有在終無言。**」醒來的東坡走出松風亭，繞繞梅花樹，若有所思，若有所得，但不再想說什麼，有些體會是只能心領，無法言傳。

「**先生獨飲勿歎息，幸有落月窺清樽。**」東坡初到松風亭，一待就是兩天兩夜，跟誰在一起呢？「**獨飲**」，是自己一個人，雖孤獨卻不孤寂，還有月亮陪我喝酒呢！

作爲松風亭下兩日遊的結語，有花有酒有明月，還有一個賞花賞月的自己。

大概是上來這一趟眞不容易，而梅花的花期很短，所謂「**好花不與殢香人**」，人生得意須盡歡，因此東坡兩天兩夜在松風亭下流連忘返。

紀昀說：「**朱晦庵極惡東坡，獨此詩屢和不已**，晉人所謂『**我見猶憐**』也。」朱晦庵是南宋理學家朱熹，朱熹的學問繼承自程頤，但東坡討厭程頤，所以程門的朱熹也極惡東坡，然而朱熹卻又極喜歡東坡的這首梅花詩，竟用同韻唱和不已。「**我見猶憐**」，是人見人愛。就算朱熹不能同意東坡在義理上的觀點，但東坡的詩，實在是讓人忍不住的，就是愛啊！

東坡這回下得山去，不久，又帶了幾個朋友上山來，再探梅花。用前韻又作詩一首：「羅浮山下梅花村，玉雪爲骨冰爲魂」。曹雪芹的海棠詩：「玉是精神難比潔，雪爲肌骨易銷魂」，很可能即是化用自東坡的梅花詩，將東坡的詠白梅，拿去詠了白海棠。以玉、雪形容花貌與精神。「玉雪爲骨冰爲魂」，象徵白梅的精神，堅貞而純潔。這是白梅花的精神，也是東坡的精神。

「先生索居江海上，悄如病鶴棲荒園。」東坡承認自己的淒涼苦悶，如今在遠方獨守著清高。

「天香國艷肯相顧，知我酒熟詩清溫。」梅花的姿色是天香國艷。東坡雖然窮途潦倒，但大自然依然對東坡敞開懷抱，天香國艷依然青睞著，眷顧著，在惠州的第一個冬天，安慰著東坡的客愁。

「**酒醒人散山寂寂，惟有落蕊黏空樽。**」最後，宴席散去，朋友都離開了，只有東坡還獨自留下，愣愣地看著花落空杯。

之後隔沒幾天，東坡又招呼另一群朋友，三探梅花：「**披衣連夜喚客飲**」，拉上朋友，連夜而來，然而「**雪膚滿地聊相溫**」，已經花謝滿地。花謝了，東坡還是滿懷感情的作詩說：

「**玉妃謫墮煙雨村，先生作詩與招魂。**」玉妃，是將梅花擬人化。「**謫墮**」，比喻梅花生於斯，長於斯，在這個冬無雪，潮溼多雨的偏鄉，彷若從天上貶落凡塵，如今又從樹上凋落塵土，在不斷墜落中花魂受了多少驚嚇，所以東坡先生要作詩爲梅花招魂。這有兩個意思，一是讓同病相憐的我，以詩爲妳招魂收驚吧！二是期待魂兮歸來，梅開二度。

唐．韓偓〈湖南梅花一冬再發〉：「**湘浦梅花兩度開，香號返魂容易回。**」「**香號返魂**」，是一個冬天裡，二度梅花開。因此東坡作詩為花招魂，也是期待著梅花能魂兮歸來，願能再開放一遍。

雖然，東坡覺得自己是「**多情好事余習氣，惜花未忍都無言。**」因為多情，而忍不住多嘴。「**留連一物吾過矣，笑領百罰空罍樽。**」對梅花不可理喻的執著是我的過錯，連夜把朋友拉來看花，只看了個花落滿地，東坡心裡也過意不去，所以對朋友說，就罰我喝酒吧！東坡願意認錯，甘願受罰，而且還含笑受罰，給了自己一個喝酒的浪漫理由。

六、惠州第一春

農曆正月二十六，春回大地。東坡偶然和幾個朋友散步路過一戶人家。從籬笆外面看見庭院裡繁花盛開，繽紛的鮮花幾乎要滿溢出庭院外來。東坡看得驚豔，帶頭敲門，問問看能否進去參觀一下？

東坡並不認識這是誰家，也沒和主人有約，敲門就想進到人家參觀賞花，似乎對東坡而言，天下就沒有陌生人。

敲開門才知，這門戶裡只住著一個寡婦，林姓婦人，家裡沒有僮僕、奴婢，主人林氏媪親自來開門，白髮黑裙，素樸而典雅，鶴髮童顏。聊過才知道，婦人少時守寡，沒生小孩，已經獨居三十年了。

一般獨居婦人，不會輕易讓陌生人進門，何況還是一群男子。但林氏媼很大方，知曉來意，便放這群人進她的花園參觀，這樣的膽量與信任，讓東坡感嘆不已，作一詩記錄下來：

縹蒂緗枝出絳房，綠陰青子送春忙。
涓涓泣露紫含笑，焰焰燒空紅佛桑。
落日孤煙知客恨，短籬破屋爲誰香。
主人白髮青裙袂，子美詩中黃四娘。

「縹蒂緗枝出絳房」，典故來自杜牧詩〈出宮人〉：「閑吹玉殿昭華管，醉折梨園縹蒂花。十年一夢歸人世，絳縷猶封繫臂紗。」縹蒂花，是梨園裡的梨花。在宮廷服務的女孩，年紀大了會被放歸民間嫁人。

杜牧所寫這位將放出宮的人，有可能是梨園的女樂師。在宮廷裡，有閒情，能醉酒，可見在宮裡混得不錯。然而一切的積累，她的事業與才藝，一旦離開皇宮，去到民間，全部歸零。不是她犯了什麼錯，只是年紀大了，命運必然如此謫墮。「十年一夢歸人世，絳縷猶封繫臂紗。」宮中十年的詩酒歌花，閒情樂舞，光景恍如天上一夢。到了離別這一天，她還在回想著，被選入宮那天的榮耀。《晉書》說：「帝多簡良家子女以充內職，擇其美者以絳紗繫臂。」被選入宮的女孩，比較美麗的會在手臂上被綁上紅色紗巾。

曾經被繫臂紗，表示是個美女，能吹昭華管，表示是才女。有才有貌，深宮十年，已經習慣了天家的生活，如今要被放出宮去，年紀已經大了，是老姑娘了，要嫁人，能當續絃都算幸運的了，往往可能成爲侍妾。從一向被人伺候服侍的宮廷女樂師，變成要去服侍人。當初被繫臂紗的時候，懷抱了多大的希望，如今出宮這一刻就有多落寞，而後要面對的，是更委屈艱難的這輩子。

在東坡詩裡，「縹蒂緗枝出絳房」因此有兩層意思，第一，滿園春色關不住，溢出紅樓外的，是淡青色的梨花。第二，隱喻著主人林姓婦人，其實是個有才有貌，卻被忽略而一生寂寞的佳人。

「綠陰青子送春忙。」梨花開放期間，正是青梅結果之時，在北方，這應是暮春的景象。但這時才正月二十六，南方的初春就有了北方暮春的風物。

「涓涓泣露紫含笑，焰焰燒空紅佛桑」，呼應了詩題的雜花盛開。白色的梨花，青色的梅子，紫色的含笑，紅色的扶桑。庭園打理得太熱鬧，難以想像這多麼繁盛的一個大庭園，竟全靠一個弱女子打理出來。

「**落日孤煙知客恨，短籬破屋爲誰香。**」每當落日孤煙，我獨自一人的時候，我還是難免感到做客他鄉的寂寞。但是東坡自己獨自一人的時候並不多。而這個林氏媼，每天都在短籬破屋之中獨自生活著，已經三十年了。「**短籬破屋爲誰香**」這裡的香，不只是花香，還隱喻著這位獨居女子的節操，獨居三十年難道不寂寞嗎？堅守貞節，是品格上的芬芳。雖然獨居，卻那麼精神的把庭園打理得如此精彩，爲誰辛苦爲誰忙？爲誰把生活過得這麼香？在沒有人看見的地方，這個女子並沒有自怨自艾，而是有意識的活得精神，活得精彩，活得芬芳！眞正實踐了《中庸》說的「君子愼其獨也。」東坡因此感動而讚歎！東坡說，我還在這裡傷客恨，她一個弱女子卻把自己過得這麼香。香，是一語雙關。花香草香，人也香。

「主人白髮青裙袂，子美詩中黃四娘。」

杜甫詩中有位黃四娘：「黃四娘家花滿蹊，千朵萬朵壓枝低。留連戲蝶時時舞，自在嬌鶯恰恰啼。」東坡曾說，杜甫這首詩雖不是很好，但可以看到杜甫也有「清狂野逸」的地方。詩聖杜甫的詩向來是千錘百煉。但這首杜詩，一反杜甫精嚴的常態，而自然、放鬆，野趣橫生，因此東坡喜歡寫它。

東坡這一天和杜甫一樣，在隨意散步的路上，被茂盛的群花給吸引住了。白髮黑裙的林姓婦人就像是杜甫詩中的黃四娘，都活得像盛開的花朵！

東坡又說：「**昔齊魯有大臣，史失其名，黃四娘獨何人哉，而託此詩以不朽。可以使覽者一笑。**」山東曾經有大臣，生前風光，死後無聞，而黃四娘這位平凡的百姓，卻因杜詩而聲名不朽，東坡既覺得有趣，亦想讓林氏媪同樣因詩而不朽，故與黃四娘相提並論。

最初東坡被人家的繁花所吸引，並不知道屋主是獨身的寡婦，整座園林竟是一個弱女子獨自打理出來的。古代良家婦女，一旦獨居，就不容易有社交活動，如何排解自己的寂寞，成了一道難題。東坡知道寂寞有多苦，因此知道林氏媪的不容易，竟能把寂寞排遣得這麼好，把獨居過得這麼精神又精彩，是以東坡既感動，又感歎。

如果東坡先就知道，這戶人家只住著一位獨居寡婦，他是不可能唐突的敲門說想進去逛。一般而言，這樣獨居的女子也往往是敲門都不應的。然而這位林家大姊，卻像俠女一樣的慷慨大器，爽朗的讓他們進門，天真率直的坦誠說，自己就一個人住。一份對人純粹的信任，一項與生俱來的熱情，一種女子身上少見的俠士風範。東坡不禁讚歎道「**主人白髮青裙袂，子美詩中黃四娘**」，黃四娘經過詩聖的點名，在文學的歷史長流裡，已經成爲了傳奇！而東坡所遇的林氏媼，將並立於文學史上，再開一頁新篇。

七、摯友的掛念

釋了元，號佛印，是北宋有名的高僧，神宗親賜袈裟與名號。佛印和尚給東坡寫來一封信，先是細數東坡的功名與寂寞：「子瞻中大科，登金門，上玉堂，遠放寂寞之濱，權臣忌子瞻爲宰相耳。人生一世間如白駒之過隙，三二十年功名富貴，轉眼成空，何不一筆勾斷，尋取自家本來面目。」

佛印禪師也是個天眞直率的人，很多人不敢講的話，佛印都直說了，他說「權臣忌子瞻爲宰相耳」：你之所以被流放到惠州，那是人家嫉妒你也忌諱你。

出家人就是單純，以佛印和尚當時名滿天下的身分，竟如此直言不諱。接著佛印又苦勸東坡，人世間的風景，你都已經看過了，轉眼成空。如今最重要的，就是「尋取自家本來面目」，修行以達明心見性，才是生命中第一等要事。

和尚又說：「子瞻胸中有萬卷書，下筆無一點塵，到這地位，不知性命所在，一生聰明，要作甚麼？三世佛只是一個有血性的漢子，子瞻若能一腳承當，把三二十年功名富貴賤如泥土，努力向前，珍重珍重也。」

佛印禪師既痛惜東坡的才智，又苦口婆心的勸勸東坡當於佛法上用功。但東坡沒有回信，不知道是回信沒有被保留下來，還是因著和尚直白的一句「權臣忌子瞻爲宰相耳」，使得東坡難以回信。而隔年，佛印和尚就圓寂了，良師益友難再逢。

在東坡眾多的世外之交中，最摯交的當屬參寥子。由於東坡的推薦，參寥子當時正住持杭州智果院。參寥子也是史載後來唯一受到東坡牽連的和尚。他寄給東坡的來信，陸續至少有三封，從東坡的回信可見端倪。

東坡回信說：「專人遠來，辱手書，並示近詩，如獲一笑之樂，數日喜慰忘味也。」收到你派使者送來的信與詩，我高興了好幾天。

「某到貶所半年，凡百粗遣，更不能細說。大略只似靈隱天竺和尚退院後，卻在一個小村院子，折足鐺中，罨糙米飯吃，便過一生也得。」到惠州半年以來，生活的辛苦，沒什麼好多說的。就當自己是個退休的和尚，在一個小村院子裡閉關，用斷了腳的鍋子煮糙米飯吃，就算這樣過了一生我也可以。

退院和尚，從住持的位置上退休的和尚，一個本來就無所求的人，在位或退休，心情是不會有太大差別的，無欲則剛。既沒有需求，就沒有求不得苦，便可從束縛中得大自在。

此外，參寥子還關心惠州的瘴癘之病。東坡則回應「**北方何嘗不病，是病皆死得人，何必瘴氣？**」北方也有北方的病，在哪裡都一樣有病人，也有死人。又何必只擔心惠州的瘴癘呢？「**但苦無醫藥。**」只是惠州缺醫少藥確實是個問題。然而轉念一想，「**京師國醫手裡死漢尤多**」，京城裡有最好的醫生、最好的藥，醫死的人卻也最多。「**參寥聞此一笑，當不復憂我也。**」你聽我這麼說，可以放心的笑一笑，不用再擔心我了。

東坡的回信坦然豁達，並不是在安慰自己，自己有多苦自己最清楚，東坡是在安慰好朋友，知道好朋友爲自己有多擔心。但再多的擔心也是徒然受苦而已，沒有用的，於是東坡故作瀟洒的跟朋友說，沒事，放心。

東坡除了回信之外，還寄了一首詩給參寥子，以示自己很好，請放心。這首詩是東坡在惠州和新朋友們一起出外郊遊的作品。

詩題很長，〈**惠州近城數小山，類蜀道。春，與進士許毅野步，會意處，飲之且醉，作詩以記。適參寥專使欲歸，使持此以示西湖之上諸友，庶使知予未嘗一日忘湖山**〉：

夕陽飛絮亂平蕪，萬里春前一酒壺。
鐵化雙魚沉遠素，劍分二嶺隔中區。
花曾識面香仍好，鳥不知名聲自呼。
夢想平生消未盡，滿林煙月到西湖。

此詩作於紹聖二年二月。惠州城附近有些小山，山間小路很像四川。東坡在春天和惠州的新朋友散步山路。風景看中意的地方，就坐下來喝酒，作詩。並將剛寫好的這首詩，讓參寥的信使帶回杭州。詩中有對西湖的懷想，「**滿林煙月到西湖**」，正可以讓杭州的老朋友們知道，我沒有一天忘過杭州的山水，更忘不了杭州的朋友。詩裡有四川蜀道，有杭州西湖。四川是故鄉，杭州是第二故鄉。

東坡人在惠州，卻到處都在尋覓看起來眼熟的故鄉景物。

「夕陽飛絮亂平蕪，萬里春前一酒壺。」

酒壺，是有典故的，在《吳志》的一個註解中：「鄭泉性嗜酒，臨卒，謂同類曰：『必葬我陶家之側，庶幾百歲之後，化而為土，幸見取為酒壺，實獲我心矣！』」有一位酒徒鄭泉，將死之際跟酒友說：「把我裸葬在燒陶人家的附近。這樣百年以後，我化為泥土，就有機會成為酒壺，繼續裝酒。」

東坡說，我這不是正活在鄭泉的願望裡了！在夕陽下，荒草上，飛絮中，我正與酒友享受著美酒。在這一望無際的春天裡，酒就是我，我就是酒。酒不醉人人自醉了。

「鐵化雙魚沉遠素，劍分二嶺隔中區。」東坡的家鄉遠在劍嶺之外，不但阻隔著大劍山和小劍山，還遠隔著一整片中原（中區），路漫漫更修遠兮！雙魚遠素，是指來自遠方的家書；魚化爲鐵，沉於水，比喻音信不通，不能傳書。家鄉劍閣尚且與中原隔絕，更何況如今還隔著中原，遠在嶺南，故鄉親友的消息音訊全無。

「**花曾識面香仍好，鳥不知名聲自呼。**」花是含笑花，我認識的含笑花，還是那麼香，而我不認識的鳥，也會熱情的和我打招呼。在惠州，認識與不認識，有情或無情，大家都對我很好，很熱情。

「**夢想平生消未盡，滿林煙月到西湖。**」夢想，就是空想。在杭州的時候做夢都想著四川，在惠州的時候做夢都想著杭州。平生所有的思念都是空想，卻還是會繼續想念下去。想著想著，覺得眼前滿林煙月的豐湖，看起來就像是西湖了！

在這整首詩裡，東坡要向朋友傳達的是，在這裡我過得還好，唯一難受的就是思念，太想你們了。

惠州的西湖，本來不叫西湖，叫做豐湖。東坡常常對著豐湖想念西湖，惠州人因此將豐湖改名爲西湖，從此惠州也有了西湖。

此外，好朋友陳季常也寫信來，語多傷感，還說要來惠州看東坡。

手捧著好友來自遠方的盛情與傷感，東坡說：「**到惠將半年，風土食物不惡，吏民相待甚厚。孔子云：『雖蠻貊之邦行矣。』豈欺我哉！**」到惠州將近半年，氣候風俗和食物都不壞，所有的人都善待著我。

孔子說：「雖蠻貊之邦行矣。」出處是《論語》：「子張問行。子曰：『言忠信，行篤敬，雖蠻貊之邦，行矣。』」意思是，只要我夠誠懇，到哪裡我都能生活得下去。

東坡說，孔子沒有騙我。又說：「自數年來，頗知內外丹要處。冒昧厚祿，負荷重寄，決無成理。自失官後，便覺三山跬步，雲漢咫尺，此未易遽言也。」近幾年來，我讀到了一些煉丹的重點，只是一直位高權重，責任也重，並沒有煉丹的機會。自從沒有官做以來，便覺得仙山只在半步之外，天堂也離我很近。也就是，常覺得成仙並不遙遠，只是這種事不應該講得太快。

「所以云云者，欲季常安心家居，勿輕出入，……亦莫遣人來。彼此鬚髯如戟，莫作兒女態也。……」之所以講了這麼多，就是要你安心在家，別輕易出門，別想來惠州，也不要再派人來。我們兩個大男人，而且都這把年紀了，別像小男生小女生一樣，那麼扭捏多情，大驚小怪的。

看到後面兩句，特別覺得東坡和陳季常很親切，好朋友才能說難聽話，你罵他，他也能知道你的苦心。而東坡的苦心就是，他決定不給朋友來惠州。

東坡以前貶謫黃州時，三不五時會跑到岐亭去找陳季常，住個十幾二十天。陳季常也是，常來東坡家住，一住也是十來天。所以如果惠州眞像東坡詩文中所描寫的那麼美好，他便不會堅決的不讓朋友來，必定是旅途過於艱辛，而生活著實困苦，才不願意讓朋友來受罪，不讓陳季常來。

紹聖二年，蘇州定慧寺的守欽長老派遣弟子卓契順來惠州看望東坡，並且帶來十首模擬寒山子的詩。東坡很喜歡，認爲詩有前輩大師的通達，而沒有前輩大詩人的苦寒。東坡和了其中八首詩，在此簡略看幾句東坡的和詩：

「爲鼠常留飯，憐蛾不點燈。」飯常常故意不吃完，留一些給老鼠吃。可憐飛蛾會撲火，也盡量不點燈。

「崎嶇眞可笑，我是小乘僧。」老天何必給我那麼多磨難呢？我並沒有想承擔天降的大任，爲何要苦我心志，勞我體膚，空乏我身，行拂亂我所爲呢？就算我有點小慈悲，但也只是想自渡的小乘人而已。

但再想一想，發現這一切苦難也不能怪別人，都是自己太天眞的問題。

「**從來性坦率，醉語漏天機。**」誰叫我向來說話，像說醉話一樣，老是吐眞言，講了太多的實話了。

「**相逢莫相問，我不記吾誰。**」如果將來再有相逢的機會，別問我是誰，我也不記得我是誰了。

我連自己都忘了，哪裡還會記得是誰給我的痛苦呢？

這時不禁想起，愈說我沒醉的人，其實都醉了，愈說我沒事的人，其實可能心裡很有事。只是旁人插不上手，唯有祝福而已。

八、食檳榔

東坡到了南方才認識的植物叫檳榔。臺灣也產檳榔，聽說剛學吃的人會暈，會發熱，但可以提神。又暈又提神，實在是很複雜的體驗。東坡到了惠州，入境隨俗，也吃檳榔，讓南方人感到特別親切，還寫詩記下來，這裡簡單看幾句：

月照無枝林，夜棟立萬礎。
眇眇雲間扇，蔭此八月暑。……
北客初未諳，勸食俗難阻。
中虛畏泄氣，始嚼或半吐。……

面目太嚴冷，滋味絕媚嫵。……
日啖過一粒，腸胃爲所侮。……
渴思梅林咽，飢念黃獨舉。
柰何農經中，收此困羈旅。……

東坡第一眼見到檳榔樹的特色是，沒有樹枝，直挺挺的樹幹直到末端才散開葉子。長長的高樹，可以萬樹並立的杵在一片大地上，放眼望不到檳榔林的邊際。

誰會在晚上到檳榔樹林去散步呢？樹與樹長得太茂密了，既不空曠，而且樹影幢幢，想想都陰森恐怖。但在詩人東坡的筆下，卻寫出像**「椰林綴斜陽」**一般的經典畫面：**「月照無枝林，夜棟立萬礎。」東坡應該也不是晚上去夜遊檳榔樹林，而是從高遠的地方望去，遙看月夜檳榔林的景像。

「**眇眇雲間扇，蔭此八月暑。**」遠望那片高聳入雲的檳榔林，看起來像能爲八月的暑氣遮蔭。但實際上檳榔樹絕對不是能遮蔭的樹，它太高了，可以有十五公尺高，又沒有寬闊的樹冠，沒有樹枝可以將樹葉延伸開展出去，絕對難以遮蔭。東坡這句詩的重點也不在遮蔭，而是講出，都農曆八月了，怎麼還像暑夏那麼熱啊！

農曆八月都中秋了，在北方，梧桐都落葉了，若在北方的山上，早晚都有薄霜了，但是惠州的緯度與臺南相近，農曆八月確實熱得跟夏天沒什麼兩樣。但東坡他不說南方八月還熱得辛苦，他說，看著那麼多高聳入雲的檳榔樹，像是能遮蔭似的，這樣他北方的朋友，讀這首詩時，便不用爲他太擔心。而我們南方人，都會知道，檳榔樹根本遮不了蔭。

「北客初未諳，勸食俗難阻。」

東坡自稱北客，就是北方人，六十歲了才初次來到南方，氣候完全不同的環境，年紀愈大，適應環境的彈性就愈小，愈辛苦。

除了氣候，還有吃檳榔的風俗，東坡說一開始他也吃不習慣，但架不住惠州的鄉親父老們都很熱情的勸他吃，風俗如此，他很難拒絕。南宋羅大經在《鶴林玉露》說：「**嶺南人以檳榔代茶，且謂可以禦瘴。**」所以當地人見面就是拿檳榔請東坡吃。

「**中虛畏泄氣，始嚼或半吐。**」東坡說他吃檳榔的經驗，一開始咬不了幾口就吐出來了，不好說吃起來噁心，就說「**中虛畏泄**

氣」，是我身子本來就虛，怕吃了更虛。

什麼是「泄氣」，柳宗元說是「破氣」。現在看中醫以爲破氣是好事，破開鬱積的氣結，但在柳宗元的說法裡可不是好事。柳宗元說：「南人檳榔餘甘，破決壅隔太過，陰邪雖敗，已傷正氣。」檳榔破氣破過頭了，雖敗了陰邪，但也傷了身體的正氣。好比以毒攻毒，結果兩敗俱傷。看來東坡的初體驗是不適應的，只是面對著那些看著東坡吃檳榔的熱切眼神，東坡還是要說點好話，他說檳榔這零食長得雖不討喜，但滋味很討喜：

「面目太嚴冷，滋味絕媚嫵。」東坡後來還在朋友家的茶几上寫下：「兩頰紅潮增嫵媚，誰知儂是醉檳榔。」還有：「暗麝著人簪茉莉，紅潮登頰醉檳榔。」所謂醉，可能是暈乎乎發熱的感覺，所以滋味好不好，見人見智，有人喜歡暈，有人喜歡清醒。

接下來要看的就是東坡拒絕的藝術了：

「**日啖過一粒，腸胃為所侮。**」雖然檳榔的滋味美好，但因為我腸胃不好，一天頂多只能吃一顆，超過就會受不了。「**蟄雷殷臍腎，藜藿腐亭午**」，腹腔會像被雷擊過，像吃了正中午的爛菜葉那樣鬧肚子。所以當大家都知道東坡檳榔頂多只能吃一顆的時候，他就方便拒絕了，人家要請他吃檳榔的時候，他可以說，今天吃過了哦！那就不是拒絕接受檳榔，而是當天額度已用完了。

然而讓東坡覺得難受的是什麼呢？

「**渴思梅林咽，飢念黃獨舉。**」渴了想吃梅子，但沒有梅子，只能思梅止渴。餓了，拿起黃獨，也就是黃藥子，看一看，不能吃。黃獨長得像山藥，卻是中藥材，且吃多了會中毒，中看不中吃。只能無奈的做個結語：

「柰何農經中，收此困羈旅。」農經，關於農業的典籍。羈旅他鄉，想吃的東西都沒有，偏偏傷正氣的檳榔和有毒的黃獨最多，無可奈何。

第五章　惠州生活

蘇東坡在惠州，最享受的是閒情與創作。從唱和陶淵明的〈歸園田居〉開始，東坡立下雄心壯志，要和遍所有陶淵明的詩。

一、和陶詩

紹聖二年，三月四日這天，東坡與朋友去白水山泡溫泉，做湯泉浴。「**游白水山佛跡岩，沐浴於湯泉**」，在大自然空曠的環境裡泡溫泉，是最享受的了！空氣清新，景觀絕佳。「**晞髮於懸瀑之下，浩歌而歸**」，在瀑布旁晾乾頭髮，再一路放開嗓門，唱著歌回家。輕鬆、自然、愉快。這一路，東坡坐著簡單的竹轎子，走在前面的，卻將轎椅轉過來，倒坐著走，叫做「卻行」，這樣才方便和後面轎子上的朋友聊天。這個朋友是誰呢？州長詹範。

在惠州之前，我們很少看見東坡出行坐轎，可能是山高了，也可能是東坡的體力大不如前了！

閒聊之際，他們來到水北的荔枝浦，一大片水邊的土地都種滿了荔枝。「**晚日蔥曨，竹陰蕭然**」，夕陽餘暉，涼爽的竹蔭下，荔枝樹已結子累累如芡實大小，尚未成熟的果實。這一大片荔枝園的主人是一位高齡八十五歲的父老，指著荔枝問東坡說，等荔枝成熟的時候，您能再帶酒來玩嗎？一個鄉下的老果農，素昧平生，才剛認識東坡，怎麼那麼快就喜歡上東坡呢？東坡究竟是說了什麼，做了什麼呢？對於老人的邀約，東坡的反應是「**意忻然許之**」，欣然同意！

這天旅遊回家的東坡，隨即躺平，飽睡一覺。醒後聽到小兒子在唸誦陶淵明的六首〈**歸園田居**〉，東坡提起筆來，就其韻，和其詩。並想起在揚州時，曾和過二十首陶淵明的〈**飲酒詩**〉，一時興起，立志決定要把陶淵明的詩，全部，和其韻都作一遍，「**要當盡和其詩乃已耳**」！

以上是東坡和陶詩的引言，是寫給參寥子知曉的。人生有這樣一位可以牽掛的知己，可以傾訴又可以傾心的好朋友，實在是生命中極爲寶貴的禮物！

陶淵明的〈歸園田居〉有六首古詩，蘇東坡也和了六首，在此選詩第一首：

「環州多白水，際海皆蒼山。以彼無盡景，寓我有限年。」

惠州多水，而且山連著海，處處風光無限。

我的生命有限，而這裡的風景無限，夠我看的了。在我有生之年，可能都還看不完。

「東家著孔丘，西家著顏淵。市為不二價，農為不爭田。」

這裡的鄰居，有像孔子那樣以仁為本的聖人，也有像顏回那樣安貧樂道的賢人。這裡的市場，沒有人在討價還價的，童叟無欺。這裡的農家也不爭土地，反正誰愛種什麼，就種什麼，空地很多，隨便種。

「周公與管蔡，恨不茆三間。」

周公和管叔，以及蔡叔，是兄弟關係。周公輔佐周成王，引起管叔與蔡叔的不滿，因此聯合商紂王的兒子武庚一起叛變。結局是管叔被殺，蔡叔被流放到遠方，不久客死他鄉。

三國時代襄陽隱士龐公說：「**若使周公與管、蔡處茅屋之下，食藜藿之羹，豈有若斯之難。**」如果周公、管叔、蔡叔這三兄弟，是住在茅屋裡，吃著野菜的平凡人家，哪裡會有手足相殘，自相殘殺的苦難呢？

因此東坡說，周公與管叔、蔡叔，不能住到惠州這裡，眞是太遺憾，如果他們住在這裡，就什麼都不用爭了。

「**我飽一飯足，薇蕨補食前。門生饋薪米，救我廚無煙。**」

東坡說自己，有飯吃就夠飽了，還有薇菜和蕨菜就更滿足了。往往還有學生在我快絕糧的時候就送柴、送米來，因此生活無虞。這裡的門生，可能有遠方的舊生，還有惠州的新生，東坡向來樂於傳道、授業、解惑。

「**斗酒與隻雞，酣歌餞華顛。禽魚豈知道，我適物自閒。**」有時候學生還會送來酒肉，我們一邊吃吃喝喝，一邊快樂唱歌。天上飛的，和水裡游的動物，牠們不知道我的快樂，但我們彼此相處得融洽且自在，各自悠哉。

「**悠悠未必爾，聊樂我所然。**」東坡心裡清楚，長遠來看，日子未必能一直如此安樂，但多愁無益，姑且先開心我眼前所能開心的吧！

後來東坡的和陶詩，讓黃庭堅讀到了，便在其後加了一首小詩

〈跋子瞻和陶詩〉：

子瞻謫嶺南，時宰欲殺之。
飽吃惠州飯，細和淵明詩。
彭澤千載人，子瞻百世士。
出處歲不同，風味乃相似。

蘇東坡貶謫嶺南，顯然是宰相不想讓他活，想讓他死於困頓之中。然而東坡該吃，吃，該喝，喝。還有精彩的〈和陶詩〉問世。陶淵明和蘇東坡都是名傳千古，流芳百代的人，時代雖不同，但自然清遠的風格是相近的。

客觀來說，如果完整的比較蘇東坡和陶淵明的文學與人生，會發現蘇東坡雖然很欣賞陶淵明，但他們人生的價值選擇是不同的。陶淵明是主動辭官當隱士，東坡是被動的告別塵世，然而東坡順水推舟，化被動爲主動，仍然享受起當隱士的田園快活，可見東坡的價值觀彈性更大，適應力更強，人生當然也更精彩。

一個多月過去，便是荔枝成熟的季節，東坡曾答應荔枝園八十五歲的主人，再帶酒前去，可大吃在叢現採的荔枝。於是東坡欣然赴約！寫下一首長詩〈**四月十一日初食荔支**〉：

許多人都說這是東坡這輩子第一次吃荔枝，其實不是的，因爲東坡的故鄉四川就有荔枝。東坡〈寄蔡子華〉詩：「**故人送我東來時，手栽荔子待我歸。**」當年離開家鄉的時候，鄰居蔡子華就在庭院裡種下荔枝樹苗，說等荔枝樹長大的時候，我們就該回家了。沒想到東坡再也沒有回去。此外，唐朝楊貴妃吃的荔枝，就是從四川運過去的。東坡在〈荔支嘆〉說：「**天寶歲貢取之涪。**」唐玄宗天寶年間進貢的荔枝正來自四川涪州。楊貴妃幼年時，父親曾經在四川做官，貴妃之所以愛四川荔枝，或許有可能是在吃一份鄉愁吧。

所以東坡詩題說「**初食荔支**」，不是東坡這輩子第一次吃荔枝，而是東坡來惠州第一次吃到的嶺南荔枝，並驚豔道，南方的荔枝太好吃了！

「**南村諸楊北村盧，白花青葉冬不枯。**」惠州南村有許多楊梅，北村有許多盧橘。盧橘和荔枝都是白花青葉。對東坡這個北方人而言，新奇的是，惠州冬天不下雪，果樹不枯萎。

「垂黃綴紫煙雨裏，特與荔支爲先驅。」吃過黃色的盧橘和紫色的楊梅，緊接著就是荔枝的季節了。若說東坡「平生爲口忙」，那惠州物產的豐富，還眞叫口忙了！

「海山仙人絳羅襦，紅紗中單白玉膚。」荔枝仙子穿著紅色裙子，紅色的紗衣包裹著白玉般的果肉。這是擬人化在描寫荔枝的鮮豔可人，秀色可餐。

杜枚〈過華清宮〉：「一騎紅塵妃子笑，無人知是荔枝來。」唐玄宗爲了讓楊貴妃吃到最新鮮的荔枝，不知道跑死了多少匹馬。載著荔枝急馳而去的馬，看在老百姓的眼裡，只望見一片紅塵，不知道是在急什麼國家大事，哪知只是爲了楊貴妃要吃荔枝。而由於傾國美人如此青睞，使得荔枝的美味，聲名遠播。

「**不須更待妃子笑，風骨自是傾城姝。**」東坡說並不須要楊貴妃來襯托荔枝的美好，因爲荔枝本身就是傾城的絕世大美人了。這也是將荔枝擬人化。如果反過來用這句話來讚美美人，也是相當的撩人啊！

「**不知天公有意無，遣此尤物生海隅。**」不知道老天爺是不是故意的，居然讓最好吃的荔枝生長在最偏遠的海邊，這是要平衡一下世間的福氣嗎？

「**予嘗謂荔支厚味高格兩絕，果中無比，惟江鰩柱、河豚魚近之耳。**」東坡說荔枝的美味既醲厚又高調，沒有其他水果可以相比，在所有食物中，大約只有干貝和河豚稍微可以相提並論。

「**我生涉世本爲口，一官久已輕蓴鱸。**」「**蓴鱸之思**」是個成語，表示想念家鄉菜，想念故鄉。而東坡說，出來做官就是爲了有口飯吃，官做得久了，家鄉味早就沒放在心上了。然而如果眞的沒放心上，就連提都不會提了。何況東坡老家在四川是小康以上的人家，日子是很好過的，出來做官，明明是爲了實現政治理想，但在貶謫的時候，東坡總作詩調侃自己說，出來做官不就是爲了吃口飯嘛，哪裡吃不是吃！吃什麼不是吃呢？

東坡這樣的態度，使人想起李白的兩句詩：「**含光混世貴無名，何用孤高比明月**」。這種對於歷史名聲的淡泊，詩仙雖說得出來，卻做不到的瀟洒，坡仙是眞正實踐了。

「**人間何者非夢幻，南來萬里眞良圖。**」人間在哪裡不是夢一場呢？家鄉也只是一場久遠的夢。我萬里來到嶺南，眞是最好的安排了。

吃個荔枝而已，以至於覺得萬里貶謫眞値得嗎？就算東坡是故作瀟洒而這麼說的，也是異於常人的豁達了。

而實際上，東坡這詩是爲了惠州父老而寫的，老人家聽到東坡這麼說該有多高興啊，老人家會單純的以爲，東坡吃了我種的荔枝，就覺得惠州來對了！這讓老人家多有成就感。

時間又過了一年，紹聖三年，同樣是四月分，東坡還來吃荔枝，再留下一首膾炙人口的名詩〈惠州一絕〉：

羅浮山下四時春，盧橘楊梅次第新。
日啖荔枝三百顆，不辭長作嶺南人。

羅浮山下四季如春，盧橘和楊梅順序上市。

現代在羅浮山下的果農，爲了推銷自家的枇杷園，扯說盧橘就是枇杷。實際上根據古書記載，盧橘就是金橘。《本草綱目》說：「**此橘夏冬相繼，故云夏熟**。」一年熟兩回，冬天與夏天。又名「**給客橙**」，「**其芳香如橙，可供給客也**。」《清稗類鈔》說：「**金橘，一名『金柑』，……成倒卵形者曰『金棗』**。」

金柑和金棗，普遍就比較熟悉了。有圓形的，有橢圓形的，橢圓形的叫金棗。在宜蘭的金棗，可以從十一月一直採收到隔年三月。對吃貨而言，是金棗或是枇杷，反正都能吃，認錯了也無妨。但如果作爲藥引要入藥，就不能誤用了。

東坡這回說「**日啖荔枝三百顆，不辭長作嶺南人**」，如果每天能給我吃不完的荔枝，那我願意一直留在這裡，也當個嶺南人。一來荔枝當然好吃，二來這也是講好話給父老高興，是東坡的投桃報李。回饋給施主以滿滿的成就感，回饋給老人家有「爲善常樂」的好心情。曾經哄過家裡長輩開心的人，就能知道東坡這麼說是多麼的暖心了。

二、解冤釋結

東坡初到惠州時，州長詹範讓他住進合江樓。合江樓屬於官舍，是專供朝廷使者所住的別館。東坡是罪臣，並沒有資格住。但由於這裡天高皇帝遠，州長詹範就讓東坡住著，東坡住得也挺好的，但才住了半個月，就匆忙搬走了。因爲有小道消息得知，朝廷派來廣南巡察的提點刑獄大人，是東坡大半輩子的世仇，程之才。

惠州在北宋屬於廣南路。宋代行政區域的劃分，廣南路包括現在的廣東省、廣西省和海南島。

提點刑獄官，簡稱提刑，職責上可以糾察及處罰地方官員。東坡早早得到小道消息，是程之才作爲提刑，將來廣南巡察，便馬上搬出合江樓，全家住到嘉祐寺。

時宰章惇作爲東坡曾經的好朋友，最知道東坡的軟肋。任命程之才來廣南當提刑，就是想給東坡穿小鞋。向來好朋友翻臉，最容易戳中痛處，他比誰都知道你哪裡受過傷容易發疼！

程之才是蘇東坡最不待見的人，但其實他是東坡的表哥，也是東坡的姊夫。此事關於東坡的家族恩怨。

東坡有個小姊姊，八娘，只比東坡大一歲，兩人年齡最相近，感情最要好。然而八娘十六歲出嫁後，卻不得公婆歡心，受盡精神虐待，兩年多便憂鬱而死。八娘嫁的，就是自己的表哥程之才。

蘇洵夫婦很疼八娘這個女兒，當兒子養，沒有重男輕女。八娘死後，蘇洵寫下〈自尤詩〉，自我責備說，如果不是老爸把妳嫁錯人，妳也不會早死：「**五月之旦茲何辰，有女強死無由伸。嗟予為父亦不武，使汝孤塚埋冤魂。**」全詩九十八句，把八娘的婆家形容成強盜土匪，把八娘的丈夫程之才形容成痴聾，無能的野獸。而這個被蘇洵罵為無能野獸的程之才，如今即將來到廣南路當提點刑獄官，有權掌握東坡的生死。

早在八娘病死後，蘇洵即與程家斷交，痛示子孫不得與程家人往來。並且在族譜中歷數程家的不是，在〈蘇氏族譜亭記〉中，蘇洵不指名點姓地列舉了程家的六大罪狀，刻在石碑上，在石碑之上又蓋了一座涼亭，既保護石碑上的文字，又讓路過涼亭歇腳的人，都能看到程家有多壞。從此兩家算是世仇。

而東坡與程之才絕交，至此已經四十二年了，因著對小姊姊的愛，東坡一直不願意原諒姊夫程之才。但和其他程家的表弟們還是有交情在。東坡寫給二表弟程德孺的詩說：「**烱烱明珠照雙璧**」，你們兄弟兩個像兩個玉人。又說：「**君家兄弟眞連璧**。」連璧也是形容兄弟倆是兩位才華並美的人。乍看並沒有罵人，但問題是，人家是三兄弟，東坡卻從來只講兩兄弟，這是什麼意思呢？無視程之才，不當他是存在的人，把他當空氣，當隱形人。

東坡寫給程家老三懿叔的書信也不少，也有詩歌的唱和。比如說〈次京師韻送表弟程懿叔赴夔州運判〉，也是只提兩兄弟。在惠州之前，從沒有看到東坡隻字片語提過程之才，連跟程之才的弟弟寫信，都繞過程之才的存在，敵視的意味很濃厚。雖然沒罵人，但公開無視、漠視，這算是東坡作爲君子最嚴重的無聲抗議。

雖然都知道冤家宜解不宜結，但事關所愛時，關心則亂，理智往往退位。福報好的時候不打緊，但人未必永遠都能有驕傲的本錢。現在程之才以長官的身分，握有刑罰實權，要來視察廣南，包括惠州。等於是章惇給了程之才一條策鞭一把刀，想怎麼整蘇東坡都行。

程之才於正月到廣州，預計三月到惠州。在廣州時，即給東坡傳來一封文書。東坡收信之後怎麼辦呢？只能面對現實，忐忑而恭敬的回信：

「**近聞使旆少留番禺，方欲上問。**」近來聽說，朝廷的大使要來廣東稍住，我正想著向上級請示這件事。

「**俟長官來，伏承傳誨，意旨甚厚。感怍深矣。**」正等待長官的到來，已恭敬收下您傳來的教誨，長官的意旨甚爲寬厚。我感到又愧又怕。……

看到這裡，哪有一點像表弟寫給表哥的信，而東坡又何曾用過這樣的態度給誰寫過信呢？是東坡認慫了嗎？其實，有時候向現實妥協，代表的是沒有白長了年紀。誰能一輩子都活在年少輕狂裡呢？

況且，當恨成爲一種習慣的時候，正需要一個契機，來發現，其實也可以不恨。現在就是這個契機。

另一方面，當程之才收到東坡這四十二年來的第一次回信後，接連幾次派專使帶來了更懇切的回信和禮物，可見程之才一直是顧念舊情的。東坡姊姊當年之死於公婆，程之才未必不痛心。

因此東坡的第二封回信，態度和口氣是一百八十度的轉變：

「**聞老兄來，頗有佳思。**」聽說老哥你要來，我心情挺好，挺想你的。

「**昔人以三十年爲一世，今吾老兄弟，不相從四十二年矣。念此，令人悽斷。……**」從前的人以三十年爲一輩子，而我和你作爲老兄弟，不相往來已經四十二年了，不相往來的時間，幾乎超過有些人的一生一世。想到這裡，我就無比的傷痛。……

程之才一到惠州，專誠到嘉祐寺拜訪東坡，還送來了許多禮物。東坡也帶著表哥到處遊山玩水：「**因隨化人履巨跡，得與仙兄躡飛鞚。**」留下了許多記遊的長篇古詩，頗有佳句，既散心，又抒情：「**念兄獨立與世疏，絕境難到惟我共。永辭角上兩蠻觸，一洗胸中九雲夢。**」

東坡除了帶表哥到處遊山玩水之外，也趁機敲詐表哥。講敲詐是開玩笑的，而是東坡常向表哥公益募款，找程之才捐錢。比如說，建橋、造公墓。

羅浮山的道士鄧守安，想要造東新橋；棲禪院的和尚，想要造西新橋，東坡都找程之才捐錢。兩座橋，一座搭建在惠州東邊的江河上，一座在惠州西邊的豐湖上，都在紹聖二年五月開始動工，紹聖三年六月完工。

一年多的工程，全是集資而來。東坡自己也捐。東坡云：**「二士造橋，余嘗助施犀帶。」**「二士」是東坡拉來的贊助，州長詹範和表哥程之才。東坡則捐出了皇帝以前賞賜的犀牛角腰帶，也參與贊助。然而蓋西新橋時，工程款還是不夠，東坡就找弟媳婦，蘇轍的夫人也來捐錢。**「探囊賴故侯，寶錢出金閨。」**子由在京城十年京官，夫人史氏常出入皇宮內苑，太后賞賜了她數千錢的黃金，東坡都知道，這時候東坡讓弟媳婦把太后賞的黃金都樂捐出來。

在西新橋完工的落成典禮上，鄉親父老們開了三天三夜的流水席！西新橋當年是用柚木蓋的木橋，後人稱為蘇公橋，有時候也會被叫做蘇堤。現在改為石橋。

此外，東坡常常散步在郊外，不時發現有些古時候曝露的死人骨頭，一任風吹日曬雨淋。東坡便和州長詹範商量，爲這些遺骨建造一座公墓。東坡自己出錢出力，再藉助表哥程之才的權力，擴大掩埋枯骨的區域。公墓完工時，有個聯合祭奠，祭文由東坡來寫：「**爾等暴骨於野，莫知何年。非兵則民，皆吾赤子。……幸雜居而靡爭，義同兄弟；或解脫而無戀，超生人天。**」你們曝骨於荒野，不知是在何年，未必是宋朝，漢唐或各朝代都有可能。不論你們是戰死沙場的士兵，或是無家可歸的遊民，在輪迴裡面，可能都當過我的孩子。……往後你們住在一起，別吵架，要像自家兄弟那樣；或是解脫而去，不再眷戀世間，那更好。

作新橋，造公墓等等，東坡都沒少讓程之才出錢出力：「**比來**

數事，皆蒙賜左右，此邦老稚，共荷戴也。」近來這些事，都受到表哥贊助，一州老老少少，都感激不盡。

程之才於紹聖二年三月六日臨惠州，三月十六日離惠州。離開前吩咐東坡再搬回合江樓住。其後至廣南其他地方巡視，留在廣南路大約十個月。

東坡隨後於紹聖二年三月十九日又搬回官舍合江樓，算算時間，東坡一家在嘉祐寺住了整五個月。

程之才在惠州十天。東坡送表哥離開的時候，留詩甚多，似乎是想彌補半世以來的缺失。

「**孤臣南遊墮黃菅，君亦何事來牧蠻。**」我是因為被貶謫所以墮落到這荒野來，你又是為了什麼緣故，也來教化這蠻荒之地。我是有罪，你又沒罪。不知道東坡有沒有想到，章惇之所以派程之才來當提刑，其實是不懷好意的，但卻促成了好事。兩兄弟解冤釋結，化解了這一世的怨仇，成了章惇送給東坡最好的禮物。

「**博羅小縣僧舍古，我不忍去君忘還**」，這次離別的依依不捨，有別於以往所有的傷離別，因爲這不只是異鄉見故人，且是異鄉見到已斷絕半輩子的親人，意外的彌補了東坡此生很大的遺憾，因此有太多想要填補的東西。程之才亦是如此，此地一別，到廣南其他地方視察，在被調回京城之前，程之才都非常照顧蘇東坡，幾乎到了有求必應的程度，而東坡也老實不客氣的，常常寫信向表兄提出種種要求。例如：增建軍營、減輕賦稅、經營放生池等等。

從外地調來的軍隊沒有宿舍，東坡希望表兄可以想辦法改善這件事。在出了一通主意之後，東坡補充道：「不揆僭言，非兄莫能容之。然此本乞一詳覽，便付火。雖二外甥，亦勿令見。若人知其自劣弟出，大不可不可。」我不自量力的說了超出本分的僭言，只有哥哥能容得下我。但這封信看完之後，就馬上燒了吧，就是我的兩個外甥，你的兩個兒子，也別給看。如果有人知道這個主意是我出的，後果不堪設想。東坡很小心的交代，要把這封提要求的信燒了，但這封書信有被燒嗎？沒有。因爲沒有，如今後人才知道東坡當時管得有多遠。

程之才後來眞的接受東坡的建議，協助增添及改建了營房三百多間。

惠州這一年大豐收，稻米因此賣不出好價錢，可是政府收稅，卻要以好價錢作爲徵收標準，有可能收成所得都不夠繳稅。所以東坡又請程之才幫忙，「**望兄力賜一言，……須得依在市見賣實直。**」請表哥想辦法讓朝廷依市價收稅。信末還是提醒，別讓任何人知道這是我的主意：「**切望兄留意，仍密之，勿令人知自弟出也，千萬！千萬！**」東坡似乎很清楚，如果知道是他的主意，事情就別辦了。

這回程之才依然不負所望，成功的爲老百姓爭取到減稅。

在海會寺旁有一個池塘，東坡想拿來當放生池，但是自己已經口袋空空了，於是又向表哥化緣，向弟弟化緣。還明標各人該捐多少錢，以免捐得太少，捐不夠。東坡要求兩人各捐一萬五。

在廣南路期間，程之才對東坡所提的要求，幾乎有求必應，可說是相當寵溺。而東坡除了詩歌以外，這段時間寫給程之才的信件，現存的至少有七十一篇。在這些書信裡，我們看到了東坡如何充分善用程之才的權力，多方照顧了惠州的百姓。

章惇派程之才來廣南當提刑，是要給程之才機會整死東坡，沒想到反而促成程之才與東坡的世紀和解，並且力助東坡完成許多善舉，讓惠州的百姓千百年來無限感念蘇東坡。

這很應驗了《法句經》的一段話：「**假若無有瘡傷手，可以其手持毒藥。毒不能患無傷手，不作惡者便無惡。**」沒種下惡因，就是沒有瘡傷手，即使手碰毒藥也不會中毒，因爲沒有惡因就不會結惡果。

章惇惡意的安排，但東坡並沒有對應的惡業，所以非但沒能傷害到東坡，還幫了東坡，解了冤，釋了結，撿回了一個表哥。正所謂「業不造不遇」，因此章惇終究害不死蘇東坡。

三、何以酬貴人

在惠州，東坡的第一貴人便是州長詹範，從到惠州以來，詹範對東坡一向多加照撫，也是有求必應。東坡又何以酬貴人呢？作詞寫詩，使之留名青史。

紹聖二年初夏，詹範又自備飲食來找東坡宴會。東坡於席上作了一闋詞〈臨江仙〉。

九十日春都過了，貪忙何處追游。
三分春色一分愁。
雨翻榆莢陣，風轉柳花毬。

閬苑先生須自責，蟠桃動是千秋。

不知人世苦厭求。

東皇不拘束，肯爲使君留。

春光才九十天，過得太快，整個春天我都在忙，忙著找哪裡去玩！縱然人間初夏似乎還留有春色三分，但我心裡還是覺得些許惆悵，惆悵這三分春色轉眼間就會消逝無蹤了。

「雨翻榆莢陣，風轉柳花毬。」榆莢又叫榆錢，是榆樹的翅果，有豐富的營養，中醫上還有止咳化痰的功效。在饑荒的年月，是救命的食糧。除了生吃涼拌，還有炒榆錢、榆錢蔥油餅、榆錢水餃，料理得好，都是美味。

在「春去也」的人間，東坡眼前所見滿是雨打翻的榆莢落滿地，風吹轉了柳花如球，在空中凌亂。

「閬苑先生須自責，蟠桃動是千秋。不知人世苦厭求。」閬苑是西王母所住的天宮，閬苑先生是種蟠桃的仙人。東坡說，種蟠桃的仙人須要自我檢討一下，蟠桃動不動就要千年以上才能收穫，不知道在人間是供不應求的。一點彈性都沒有，要不要品種改良一下呢？還不如春神有彈性，春天都過去了，還留有春色三分。

「東皇不拘束，肯爲使君留。」東皇，意指春神。春神比種桃的仙人夠意思多了，沒那麼計較時間，春天都過去了，還願意爲了使君詹範你留著三分春色。

雖然人間的春天才九十天，和歲月動輒以千年計算的閬苑怎麼能比，但既然我們身在人間，不是天上。就多看看人間美好的一面吧！

同一個夏天，張耒派人帶來了消息。張耒也是東坡南行的貴人，曾遣部屬一路護航東坡一家到惠州。

張耒送來的消息是，東坡很親近的三位門人黃庭堅、秦觀、晁補之，都被貶謫遠方。被貶謫的這三個人連同張耒，後來被稱爲「蘇門四學士」。

張耒因爲一向作風低調，在風聲鶴唳之中，竟被忽略了，暫時沒被波及，卻也沒有因此避開東坡，依然殷勤問候。正所謂患難見眞情。

而東坡聽到門人與好友們陸續被貶謫迫害的消息，只能默誌於心，並不能發表評論。但以一支桄榔杖，一封信，連同一首七言律詩寄送給張耒。

詩題〈桄榔杖寄張文潛一首，時初聞黃魯直遷黔南，范淳父九疑也〉，意爲我寄桄榔杖給張耒的時候，是我聽說黃庭堅和范祖禹被貶謫的時候。

東坡曾經稱讚范祖禹是皇帝最好的講師：「范淳夫講書，爲今經筵講官第一。」東坡心目中好講師的特質是：「言簡而當，無一冗字，無一長語，義理明白，而成文粲然，乃得講書三昧也。」講話簡潔明瞭，沒有廢話，說得清楚，說得漂亮！這就是「講書三昧」。

而今范祖禹被貶湖南永州，之後又一貶再貶，於紹聖四年逝於廣東西南的化州。黃庭堅被貶黔南，在貴州，今天是苗族自治區。宋時，環境很艱苦。

東坡沒有評價好友的遭遇，而是寄了一支桄榔杖給張耒。此前，東坡用過的手杖是黎杖或竹杖。桄榔，是來嶺南之後，才認識的植物，小名砂糖椰子。這在當時的南方，是很實用的植物。樹幹的黃色髓心，剖開來有大量的澱粉質可以製成桄榔粉，可以當主食。葉鞘（葉柄）纖維強韌耐溼耐腐，可製繩纜。

東坡在信裡說：「**屏居荒服，眞無一物爲信。有桄榔方杖一枚。前此土人不知以爲杖也。勿誚微陋，收其遠意爾。**」在這與世隔離的荒涼地方，不知道能給你送去什麼？靈機一動，送你一根桄榔杖。桄榔杖是東坡的創作發明，用尚未長成的樹苗來做手杖。在東坡之前，他不曾看過在地人有這麼做的，是東坡發現桄榔樹的樹苗，握起來尺寸順手的，可以拿來當手杖。

桄榔是嶺南的特產，北方沒有，好的禮物就需要地方特色。東坡親自到樹林裡去選材，親手做出來當禮物，誠意十足。奇就奇在，爲什麼東坡說「**方杖一枚**」？樹苗是圓的呀？「**方杖**」應該隱含著東坡的微言大義。「**一物爲信……桄榔方杖。**」方，是方正、正直。正直是你我共同的特質。如果東坡我不夠正直，也不會被貶謫到嶺南，如果我不夠正直，也無法好好的生活在嶺南。是以桄榔方杖作爲信物，就是以正直當作我們的信物。「**勿誚微陋，收其遠意爾。**」別嘲笑我給你寄的東西太簡陋，總是千里送鵝毛，禮輕情意重！

睡起風清酒在亡，身隨殘夢兩茫茫。
江邊曳杖桄榔瘦，林下尋苗蓽撥香。
獨步倘逢勾漏令，遠來莫恨曲江張。
遙知魯國眞男子，獨憶平生盛孝章。

「睡起風清酒在亡？」清風一吹，一覺醒來，就問，還有酒嗎？風是清爽的，表示天氣挺好，挺舒服的。一覺醒來就問酒，表示心情不怎麼好，不太想要清醒，所以說「身隨殘夢兩茫茫。」讓我再回到茫茫然的夢鄉吧！這是第一層意思。此外，睡覺時做的夢，不管好夢、惡夢，醒來後都是殘夢茫茫，記不清了。而現實的生活，眼前的世道，茫茫不可捉摸，未來的結局，也茫茫難以預料，不知何去何從。這樣的心情，是想睡也睡不著了。於是打起精神起來，去江邊走走，看看怎麼為張耒找禮物。

「**江邊曳杖桄榔瘦，林下尋苗華撥香。**」手拄著自己製作的桄榔杖，再到江邊的桄榔林中，想再找棵樹苗做一支寄給張耒。自己擁有的好東西，自然的就會想要送給好朋友。卻在桄榔樹林裡意外發現了華撥。華撥是中藥材，可以止痢。在惠州，許多中藥材都得來不易的，所以發現華撥是一份驚喜。有了這一份驚喜。東坡就想著，說不定還有更大的驚喜呢？於是說「**獨步倘逢勾漏令，遠來莫恨曲江張。**」

勾漏令，即葛洪。葛洪寫過《神仙傳》，在傳說中也是神仙一般的人物。《晉書》說葛洪曾經想去越南求丹延壽，但走到廣西勾漏山，因爲太喜歡當地的山川風土了，便留下來，請求皇帝給他在廣西勾漏縣當縣令。

「**獨步倘逢勾漏令**」是詩人的白日夢，想著散步的時候，說不定能遇到像葛洪那樣的神仙！

「**遠來莫恨曲江張**。」

「**曲江張**」原指唐玄宗的宰相張九齡。《資治通鑑》說，唐玄宗之所以前期是盛世，後期是亂世，分水嶺就是罷免張九齡，改用李林甫。

張九齡既然是個好官，誰要恨他呢？劉禹錫。

張九齡是盛唐的人，而劉禹錫是中唐的人，兩人的時代並沒有交集，爲什麼劉禹錫要恨張九齡？

《舊唐書》裡說，劉禹錫被貶湖南，心情苦悶，有一天讀張九齡的文集，看到張九齡在當宰相時建議，放逐大臣，不能給好地方，就應該發配去不毛之地，窮鄉僻壤。劉禹錫因此批評張九齡「**忮心失恕**」，並詛咒張九齡，陰間會有報應。

《新唐書》又說，劉禹錫認爲張九齡之所以沒有後代，是報應！看來劉禹錫眞的很恨張九齡。

但東坡說「**莫恨**」。這句應該是在向范祖禹喊話，因爲范祖禹和劉禹錫一樣，這時被貶謫到湖南。而「**曲江張**」影射的是當時的宰相章惇。

「**獨步倘逢勾漏令，遠來莫恨曲江張。**」在窮鄉僻壤，有機會可以修道，或者和神仙做朋友，總會有意外的驚喜的，因此「**莫**

恨」，不要去恨那個放逐我們的宰相。由此可見，東坡也知道這一切的爲難，都是章惇的手段，但東坡沒有怨恨，還勸朋友也不要恨。

東坡始終念著章惇早年的恩義，也知道章惇的誤會是情有可原，竟可以做到從不怨懟，直至東坡臨終前不久，他給章惇之子的信中還說：「**某與丞相定交四十餘年，雖中間出處稍異，交情固無所增損也。**」這是後話。

「**遙知魯國眞男子，獨憶平生盛孝章。**」魯國眞男子，指東漢孔融，孔融是孔子二十代孫，而孔子是春秋魯國人。孔融曾經爲了救朋友而寫信〈**論盛孝章書**〉，向曹操求援。

盛孝章曾是吳郡太守，很受百姓愛戴。但孫策和孫權成爲吳國新一代的統治者後，開始迫害盛孝章。孔融因此寫信請求曹操，援救盛孝章，可惜救兵還沒到，盛孝章就被害了。

此詩的最後一聯，是東坡在稱讚張耒，像孔融那樣有情有義，只有你還記得這些受苦受難受迫害的朋友，總是施以援手。「**遙知魯國眞男子**」的一個「**知**」字，回覆了張耒的眞誠，你的情義我完全了然，非常感念。

回顧全詩，第一聯交代自己在惠州的生活。第二聯講桄榔杖這個禮物，從選材開始，都是東坡親力親爲的，禮輕情意重。第三聯，寬慰朋友們，總有好事會發生，莫恨。（說得很小心謹愼。）最後，回覆張耒的眞誠，你的情義我完全收到了！

四、卜居白鶴峰

程之才走後，東坡搬回合江樓。紹聖二年八月，惠州大颱風，合江樓受到不小的破壞，颱風之後，又作大水。合江樓就在江邊，樓下淹水，樓上漏水，東坡有詩說：「**床床避漏幽人屋……人隨雞犬上牆眠**」。

到了十一月間，朝廷又有詔書下達：「**元祐臣僚獨不赦，終身不徙**。」意思是元祐年間的大臣，如今被貶謫在外的，將永遠不會得到赦免，終身不會改變謫地。

東坡信了「**終身不徙**」這四個字，於是「**已絕北歸之望**」，做了終老惠州的打算，開始物色屬於自己的家。紹聖三年春天，覓得了一塊滿意的好地方，在白鶴峰的山頂，有平闊的一片土地。當地的父老說，那裡曾是古代白鶴觀的所在。東坡看了很滿意，決定在此建造自己的家。

紹聖三年，四月二十日，東坡又從合江樓再搬到嘉祐寺，可能是爲了方便監工，嘉祐寺和白鶴峰，都在水東。東坡〈遷居〉一詩中，細數來到惠州，在合江樓和嘉祐寺之間已來回安家四次，「**新居成，庶幾其少安乎？**」東坡期待著，新房子建好的時候，生活就能安定下來了。

「**前年家水東，回首夕陽麗。**」水東是嘉祐寺，方便看夕陽。

「**去年家水西，溼面春雨細。**」水西是合江樓，方便看山水，就是潮溼了些。

「東西兩無擇，緣盡我輒逝。」住水東或住水西我都不挑剔。有緣就住，緣盡了就離開。

「已買白鶴峰，規作終老計。」我已經買了白鶴峰的土地，打算在這裡終老。

「長江在北戶，雪浪舞吾砌。」白鶴峰北面有大江，江浪拍打著我家山腳下的臺階。這裡說長江，不是中原的長江，而是惠州的某條長河，東坡視之爲長江，聊以寄託胸懷。

「青山滿牆頭，鬖髿幾雲髻。」在東南牆外，是一座又一座青翠的山頭。白鶴峰上的風光，西北可以看水，東南可以看山。

「雖慚《抱朴子》，金鼎陋蟬蛻。」葛洪的《抱朴子》是煉丹指導手冊，金鼎是煉丹的工具。東坡照書煉，卻煉不出仙丹來，感到很羞慚，對不起蟬蛻成仙之前還寫下書來的葛洪。也就是，煉丹的工具和指導手冊，都具備了，就是少了成功的仙人。

「猶賢柳柳州，廟俎薦丹荔。」

柳柳州，貶謫柳州的柳宗元。柳州在廣西壯族自治區。

余秋雨的〈柳侯祠〉說：

在柳州的柳宗元，宛若一個魯濱遜。他有一個小小的貶謫官職，利用著，挖了井，辦了學，種了樹，修了寺廟，放了奴婢。畢竟勞累，在四十七歲上死去。……許多文人帶著崇敬和疑問，仰望著這位客死南荒的文豪，重蹈他覆轍的貶官，在南下的路途中，一想到柳宗元，心情就會平適一點。

彷彿踏著柳宗元的腳步來遊歷，也能有「**獨釣寒江雪**」的絕美氣慨。

東坡說「**廟俎薦丹荔**」，不是說拜拜用荔枝。丹荔，是指東坡抄的一段文章〈荔子帖〉。東坡的書法，韓愈的賦，寫著柳宗元的生平事蹟。「**猶賢柳柳州，廟俎薦丹荔**」，因著對柳宗元的敬仰，東坡寫下〈荔子帖〉，獻爲祭祀。在宋代被刻成〈荔子碑〉。

「**吾生本無待，俯仰了此世。**」我的人生至此已經沒有其他的期待，只要想開一點，這輩子很快就過去了。

「念念自成劫，塵塵各有際。」

念念，是極短的時間；劫，是很長的時間。有多長呢？根據佛經記載，從人壽十歲算起，每過一百年增加一歲，加到八萬歲，這段時間叫增劫；然後再從八萬歲，每隔一百年減一歲，減到十歲，這段時間叫減劫。一個增劫加一個減劫，叫做一小劫。二十個小劫爲一個中劫。四個中劫（成、住、壞、空——從世界形成至壞滅爲空）爲一個大劫。

「念念自成劫」，一個個小小念頭，念念相繼，串成了無限長的時間。**「塵塵各有際」**再細微的塵土，也有它的邊界。東坡在這裡要說的是什麼呢？微塵都有邊際，苦難豈會沒有盡頭。

「下觀生物息，相吹等蚊蚋。」

莊子〈逍遙遊〉說：「生物之以息相吹也」。大自然裡，各種生物的氣息，是互相吹拂，彼此交換共用的。東坡則進一步說「相吹等蚊蚋」，所有生物，乃至蚊蟲的氣息，都是平等的。

我將站在白鶴峰上，觀想，所有生命的生息，都是平等的。不只是人與人之間，而且是所有生命與生命之間，都是平等的。那麼我的內心也就沒有什麼好不平的了。白鶴峰將會是我低頭看世間，平心看世事的一個新家。

東坡在紹聖三年十二月，白鶴峰上的房子快蓋好的時候，作了兩首律詩〈白鶴峰新居欲成，夜過西鄰翟秀才〉。這一天東坡可能監工忙到比較晚，晚上要回嘉祐寺的時候，發現鄰居翟秀才家的門沒關，就直接進去打聲招呼。留下兩首律詩，其中一首：

林行婆家初閉戶，翟夫子舍尚留關。
連娟缺月黃昏後，縹緲新居紫翠間。
擊悶豈無羅帶水，割愁還有劍鋩山。
中原北望無歸日，鄰火村舂自往還。

東坡的白鶴峰新居在山上，山腰處有兩家鄰居，一戶是林行婆家，一戶是翟夫子家。兩戶人家都在白鶴峰新居的西邊。林行婆是個在家修行的女居士，東坡說「**年豐米賤，林婆之酒可賒。**」看來林婆家裡是釀酒、賣酒的。而翟夫子是個秀才，教書人。

這詩首聯說明，東坡對鄰居很滿意。一個可供賒酒，一個可供聊天。物質與精神都可以得到滿足。

「林行婆家初閉戶，翟夫子舍尚留關。」林行婆家剛關上門休息，翟夫子家，還留著一扇門沒關。所以東坡就直接進屋裡去，找翟夫子說說話。

「連娟缺月黃昏後，縹緲新居紫翠間。」黃昏後，天上一彎眉月。從翟秀才家看向東坡自己的白鶴峰新居，新房子隱隱約約在一片紫花綠樹之間，美得像仙家，像一幅畫，東坡感到心滿意足。

「擊悶豈無羅帶水，割愁還有劍鋩山。」

「羅帶水」，見韓愈詩：「水作青羅帶，山如碧玉簪。」白鶴峰新居的北邊也有江水，東坡說這就像韓愈的羅帶水，可以爲我解悶。

「劍鋩山」，見柳宗元詩：「海上尖峰若劍鋩，秋來處處割愁腸。」白鶴峰新居有青山滿牆頭，東坡說，這些山像柳宗元的劍鋩山，可以為我割愁解憂。

本來柳宗元的原意是，異鄉這些看起來很銳利的山，割得我的心很痛，是看不順眼的意思：「**海上尖峰若劍鋩，秋來處處割愁腸。**」海邊的山有稜有角，銳利得像劍的鋒鋩，看得很刺眼。特別是秋涼時，看在眼裡，像一把冷劍割在心裡。

但東坡替換掉柳宗元的意思，變成，這些像利劍一般的青山，正好可以割去我的憂愁。或許是因為東坡的故鄉在劍嶺之外，所以直把劍山當劍嶺，便是他鄉作故鄉。也或許有藏詞的意思在，柳宗元詩的後兩句是：「**若為化得身千億，散上峯頭望故鄉。**」如果此時有一千億個我，這一千億個我，也會站上最高的地方，望向我的故鄉。

東坡在這首詩裡沒有提到故鄉，但他提到了柳宗元思鄉的絕句，應是隱含了思鄉的情緒。**「山似劍鋩」**在柳宗元看來是痛苦的**「割愁腸」**，心如刀割。但東坡的故鄉路是劍門關、劍嶺、劍閣，所以**「山似劍鋩」**，在東坡看來，沒有不順眼。於是東坡動了一個字，變成**「割愁」**，把愁像腫瘤那樣割掉，割掉就沒有了。字面上看似樂觀，但邏輯上是先有了愁，才需要割愁，所以愁是難免的。

雖然愁悶是難免的，但東坡說，這裡有水可以解悶，這裡有山可以割愁。縱然東坡是在故作豁達，也值得我們尊敬，他畢竟做了一個面向陽光的示範。他畢竟讓相處的朋友感到輕鬆愉快，而不用承受他的負面情緒。

「中原北望無歸日，鄰火村春自往還。」東坡至此已斷絕了回去中原的盼頭，做了終老在惠州的打算，才在白鶴峰上建造自己的新家。新家處，可見鄰居燒飯的炊煙，可聽村裡舂米的聲音。在這純樸的鄉村鄰里之間，他鄉可以作故鄉，都一樣是人間煙火，就在這裡自在的生活吧！這是東坡隨遇而安的想望。

白鶴峰上景觀很好，最大的問題是，取水很麻煩，上山下山，山路勞頓。於是東坡決定在住家附近鑿井，皇天不負苦心人，東坡又一次求水得水。因此寫了一首長詩〈**白鶴山新居鑿井四十尺，遇盤石，石盡乃得泉**〉，以紀念工程的不容易。

「**海國困蒸溽，新居利高寒。**」靠海的惠州又溼又熱，所以想搬到高一點，涼爽一點的地方。

「**以彼陟降勞，易此寢處乾。**」用上下山的辛勞，換一個乾爽的地方可以睡覺。

「但苦江路峻，常慚汲腰酸。」然而提水困難，提個幾回下來，腰都要歪了。

於是東坡僱傭了四個工人，專門來打井，終於有一天，打穿了地底下的盤石，獲得了水源。從此之後，白鶴山居就是個完美的居住地了。

「晨瓶得雪乳，暮甕渟冰湍。」早上地底下終於冒出混濁的泥水，到晚上，已經可以打上來清澈冰涼的井水了。

「我生類如此，何適不艱難。」我的人生就類似打井這件事，總是在不斷的克服困難。

「一勺亦天賜，曲肱有餘歡。」如今有一口水喝，這是天賜甘泉啊！

孔子說：「**飯疏食，飲水，曲肱而枕之，樂亦在其中矣。不義而富且貴，於我如浮雲。**」

東坡說，天賜一勺水，讓我從今以後可以像孔子一樣，樂在其中矣！世間的不義與富貴，都是過去的浮雲，此後就是安貧樂道的生活了。

東坡蓋白鶴峰山居，幾乎花光了所有積蓄，可能有點心虛。於是寫信給南華寺的辯長老，說明錢是怎麼來的，怎麼花的，算過帳之後，好像稍能心安理得一些。信中說：「**久忝侍從，囊中薄有餘貲，深恐書生薄福，難蓄此物。**」在皇帝的身邊服侍過一段時間，手頭有一點存款，但怕自己的福氣不夠，錢留不住。「**到此**

已來，收葬暴骨，助修兩橋，施藥、造屋，務散此物，以消塵障。」到惠州以來，把錢花在許多社會公益上，想說散財消業。「今則索然，僅存朝暮，漸覺此身輕安矣。」直至如今，蓋了自己的房子，眞把錢都花得差不多了，漸漸覺得很輕鬆。

東坡向來出手大方，不善理財，蓋了山居之後，從此兩袖清風，還說自己是無財一身輕。實在是很看得開啊！

爲什麼東坡敢於用盡存款，擴建屋舍呢？因爲東坡剛買地不久，就得到消息說，大兒子蘇邁要到嶺南韶州的仁化縣來當縣令了，官雖然不大，但總算能有現金收入。仁化縣屬於韶州，與惠州相隔不遠。蘇邁帶來了自己的小家庭，以及蘇過的妻兒，以後大家可以一起住在白鶴峰的新家。因此東坡一口氣在白鶴峰山居設計了二十幾間房屋。以後每個孩子，甚至僕人都能有自己的房間。再加上菜圃、花園，等於是一片別墅區，是很大手筆的支出。

大廳堂，東坡題匾「德有鄰」；書房，東坡題榜「思無邪」。典故都來自於《論語》，可見，人生至此，東坡雖遍學佛、道，但中心思想仍是儒家。

第六章　千古一妾

東坡南行途中，得知再貶惠州時，原是要朝雲隨同大兒蘇邁及其他家人去到常州安穩生活，打算只帶著小兒蘇過南下惠州，父子兩人前去嶺南受苦就好。但朝雲堅持隨侍東坡到惠州。

東坡說：「**自當塗聞命，便遣骨肉還陽羨，獨與幼子過及老雲，並二老婢共吾過嶺。**」這時朝雲大約三十二歲，東坡暱稱她老雲。

到惠州半年後，陳季常寫信說要來看東坡，東坡不讓他來。東坡好客，愛朋友，爲什麼不讓陳季常來？必定是旅途太艱辛了。而這一切艱辛中，幸好有朝雲相隨，是東坡的春風，也是東坡的曙光。

一、萬里相隨

讀〈朝雲詩〉，便知有朝雲在身邊是東坡莫大的安慰。此詩作於紹聖元年十一月，用來紀念朝雲的義薄雲天。

不似楊枝別樂天，恰如通德伴伶玄。
阿奴絡秀不同老，天女維摩總解禪。
經卷藥爐新活計，舞衫歌扇舊因緣。

丹成逐我三山去，不作巫陽雲雨仙。

唐代詩人白居易，字樂天，晚年過得很舒爽，退休於洛陽，與好友們過著詩酒唱和的閒適生活。東坡偶然在元祐年間盤點自己的際遇，覺得人生幾段起伏頗似白居易，因此期許自己晚年也能像白居易一樣，過上美好的生活：「**我似樂天君記取，華顛賞遍洛陽春。**」奈何後來事與願違，臨老不是入花叢，而是顛沛流離。但東坡還是樂觀的看到自己略勝的一籌，就是愛妾朝雲的不離不棄。

白居易，晚年很喜歡兩位年輕的家妓，樊素和蠻子。蠻子能歌，樊素善舞，被戲稱為楊柳枝。但白居易六十八歲那年病重，便遣散了家妓，有詩〈病中別柳枝〉：「**兩枝楊柳小樓中，嫋娜多年伴醉**

翁，明日放歸歸去後，世間應不要春風。」後來白居易病癒，又作詩：「去歲樓中別柳枝，春來寂寞一杯酒。」相較於白居易的春來寂寞，東坡自覺有朝雲相隨左右，似乎更幸運些，所以說：

「不似楊枝別樂天，恰如通德伴伶玄。」朝雲不像樊素告別白居易而去，而像才色兼備的樊通德，厭厭不倦的陪伴自己。

樊通德是漢代伶玄的妾室，她母親是師事趙飛燕的宮人，所以通德能講趙飛燕的故事。伶玄閒來沒事就讓通德講趙飛燕的故事來聽，於是通德就在家裡爲伶玄說起了漢宮的一千零一夜。

有一天，伶玄感歎道：「斯人俱灰滅矣，當時疲精力，馳騖嗜欲蠱惑之事，寧知終歸荒田野草乎？」這些最香豔的情事，誰知最後終歸荒煙蔓草一場空呢？

伶玄這裡才輕輕感慨，通德那裡已經感動到哭了。她比你更在乎你所有的感覺，所謂無微不至，大抵如此吧！通德泣說：「今婢子所道趙后姊弟事，盛之至也；主君悵然有荒田野草之悲，哀之至也。……幸主君著其傳。」趙飛燕姊妹的故事繁華極盛，您聽了卻感到悲哀至極。……希望您能將故事寫下來，如此不但傳記得以傳世，還可以發揮您的才華。通德不但能同理伶玄的空虛感，還能提出解決之道，解語花莫過於此。

所以野史所傳的趙飛燕故事，便是源於伶玄的愛妾通德，而由伶玄所寫。通德既可以是紅粉知己，又可以是志同道合的協作夥伴。

「**不似楊枝別樂天，恰如通德伴伶玄。**」妳不像白居易的樊素，最終離他而去，而像才色雙全、善解人意的通德，一直陪伴在我身邊。夫唱婦隨，志趣相投，體貼入微。

儘管東坡的境遇明明比白居易悲慘多了，卻還是發掘到自己有更幸福的地方。

「阿奴絡秀不同老，天女維摩總解禪。」

阿奴是照顧絡秀終老的小兒子，絡秀是西晉名將周浚的妾室。絡秀與周浚的愛情故事見於《世說新語》。

周浚，官至安東將軍。有一天打獵，為了避雨，來到一戶人家，是民間富戶，姓李。李家這天只有女兒絡秀在，帶著一個婢女，親自辦宴席招待客人。只漸漸聞到飯菜香，卻聽不到一點點動靜：「**作數十人飲食，事事精辦，不聞有人聲**。」周浚和他的隨從幾十人，要席開好幾桌，而李絡秀持家像一門藝術，化繁瑣於無形，井井有條。

周浚從門外偷偷看著絡秀的操持，看到絡秀無論身材與相貌都很出色，因而求之爲妾。

後來李絡秀爲周浚生了三個兒子：老大周顗，字伯仁，官至尚書左僕射領吏部；老二周嵩，官至東晉御史中丞；老三周謨，小字阿奴，沒沒無聞。

有一年冬至，李絡秀心滿意足的賜酒說：「我有你們三個優秀的兒子在跟前，人生至此不再有憂愁了。」但老二周嵩不這麼認爲，他說：「不是母親說的那樣。老大伯仁，名聲大大超過他的見識，不是能自我保全的人。而老二我傲慢、暴戾，世間遲早也容不下我。只有老三阿奴平凡無能，應該可以陪您到終老。」後來也果如其言，老大和老二都被王敦所殺，只留下小兒阿奴奉養李絡秀終老。

東坡說：「**阿奴絡秀不同老，天女維摩總解禪。**」妳是像絡秀那樣能幹優秀的女子，卻不像絡秀還有個小兒子阿奴可以奉養終老。我們的小兒子蘇遁還沒滿週歲就沒了，我知道這是妳今生最大的遺憾。但遺憾可以不是遺憾，妳可以解禪，可以像天女一樣，身邊還有我這個像維摩詰的老居士啊！

在《維摩詰所說經》裡，有一位天女與居士同室，「**見諸大人聞所說法，便現其身，即以天華散諸菩薩、大弟子上。**」東坡以此典故，向朝雲表示，妳如同天女陪伴著如同維摩詰居士的我，可以禪悅為食，擁有法樂，而不需要子女名利的奉養。

「**經卷藥爐新活計，舞衫歌扇舊因緣。**」東坡來到嶺南的新生活計畫是，修道和煉丹。雖然朝雲能歌善舞，但跳舞唱歌是過去式了，世俗的享樂是過去式，從今而後，要開始修道與養生的新生活。「**丹成逐我三山去，不作巫陽雲雨仙。**」等我煉丹成功之時，可隨我一起去當眞正的神仙，不用再貪戀那世間男歡女愛的短暫快樂，我們要更長久的在一起。

巫山雲雨的典故來自於宋玉的〈高唐賦〉。楚王在高唐遊玩的時候，夜裡夢見一位仙女，和她做了一夜夫妻，仙女離開時，向楚王說：「**妾在巫山之陽，高丘之阻。旦爲朝雲，暮爲行雨，朝朝暮暮，陽臺之下。**」朝雲的名字便來自於此，而東坡說巫山雲雨的情愛是短暫的，世俗的。我們從此以後要當神仙眷屬，永遠的在一起。

自到惠州後，東坡與朝雲分房睡，開始認眞研究與實操起煉丹的工夫。

朝雲初來蘇家時，根本不識字，但這首送給朝雲的詩，卻充滿典故。可見在蘇東坡與王夫人的調教之下，朝雲如今已是精通典籍。許多典故可能是東坡曾經給朝雲說書說過的內容。又或者這是東坡身為老師，在給朝雲出功課，作了一首充滿典故的詩，考考朝雲讀書的成果。而這樣引經據典，句句掉書袋的詩詞，充斥在惠州東坡寫給朝雲的每一篇作品裡，似乎是夫婦兼師生的特有情趣。

胡仔《苕溪漁隱叢話》：「**東坡〈朝雲詩〉，詩意絕佳，善於為戲，略去洞房之氣，翻為道人之家風。**」盛讚〈朝雲詩〉不但意境好，也很會說故事，東坡雖然是為愛妾而寫，卻沒有閨房香膩纏綿的脂粉味，反而有修道人的高尚格調。

二、朝雲情調

貶謫惠州之前，東坡和朝雲單獨相處的時間其實有限，一來是上有王夫人健在，二來事業繁忙，交際又多。而來到惠州，東坡與朝雲，才成了相依爲命，形影不離的伴侶。

紹聖二年，五月四日，端午前一天，東坡送了朝雲兩闋詞，一闋〈殢人嬌〉，一闋〈浣溪紗〉。先讀〈殢人嬌〉：

白髮蒼顏，正是維摩境界。
空方丈，散花何礙。
朱脣筯點，更髻鬟生彩。

這些箇，千生萬生只在。

好事心腸，著人情態。

閒窗下，斂雲凝黛。

明朝端午，待學紉蘭為佩。

尋一首好詩，要書裙帶。

東坡從青年時期便喜歡自比維摩詰居士。什麼是維摩境界呢？節錄一小段經典文字，《維摩詰所說經》：「長者名維摩詰，住佛威儀，心大如海。……示有妻子，常修梵行；……雖服寶飾，而以相好嚴身；雖復飲食，而以禪悅為味；……雖明世典，常樂佛法。遊

諸四衢，饒益眾生。」

維摩詰不是出家比丘，而是一位居士，雖是在家居士，但修證不可思議。能為販夫走卒、國王大臣說法，也能為佛陀的諸大弟子說法，甚至能給菩薩說法。

「其以方便，現身有疾。以其疾故，國王大臣、長者居士、婆羅門等，及諸王子并餘官屬，無數千人，皆往問疾。其往者，維摩詰因**以身疾廣為說法……。」**

維摩詰居士示現生病，是為了創造說法的機會，好能為探病的人說法，所以他說「以一切眾生病，是故我病。」

「**白髮蒼顏，正是維摩境界。**」東坡看看自己，也是個居士，看起來也是病容憔悴，於是自我感覺良好的說，我這不正是維摩境界！

「**空方丈，散花何礙。**」方丈，指空間小，且一無長物，家徒四壁。

佛陀想派弟子前往探病維摩詰居士，很多弟子都推辭說自己不行，最後是文殊師利菩薩接受這個任務，前往探病。一旦文殊師利菩薩領下這個任務了，好多人又都想跟著去。有多少人跟去呢？八千菩薩、五百聲聞、百千天人。

維摩詰居士知道有這麼多人要來，便以神通力清空整座屋子，讓空屋裡只剩一張床，只有維摩詰居士一個人臥病在床，便是探病者所見的景象。

舍利弗來到臥榻前，起了個念頭，但沒說出來，他想，屋子裡空空如也，要坐哪裡呢？維摩詰居士有他心通，知道了舍利弗的想法，於是問：「云何仁者，爲法來耶？求床座耶？」您是爲法而來呢，還是爲床座而來呢？

接著維摩詰居士又問文殊師利菩薩，您去過許多國土，見過哪個佛國土的法座最好？文殊師利菩薩說，須彌燈王佛的法座，既高大，又最莊嚴。於是維摩詰居士竟請得須彌燈王佛送來了法座三萬兩千，而居士的小屋子，居然能容得下所有的法座。

舍利弗於是讚歎說，居士，我從未曾見過這麼小的屋舍，居然能容得下這麼多的高廣大座。於是維摩詰居士說法，所謂不可思議的解脫，本可以納須彌山於芥子……。正當居士說法時，有一位天女現身出來，滿室散花。

「空方丈，散花何礙。」東坡用此類比自己的居所，同樣家徒四壁，空間有限，但也如同維摩境界，心如大海，精神世界無限寬廣。且有朝雲如天女。我們相處自在，都在修行，不相防礙。「**散花何礙**」，何礙，是無礙的意思。

這是東坡在對朝雲說，雖然惠州我們的住所，沒有以前那麼寬敞舒適，但也夠我們住的了，說小不小，很夠我們生活與修道，兩相無礙。我們不需要再求什麼，也用不著去拒絕什麼。妳要散花，要唱歌，要跳舞都行，自在就行。

維摩境界中「**示有妻子，常修梵行。**」東坡寫給張耒的信裡提到：「**某清淨獨居，一年有半爾。……絕欲，天下之難事也，殆似斷肉。……**」自到惠州之後，東坡便自己一個人一個房間，和朝雲是分房睡的，兩人在生活上高度陪伴著，但在欲望上追求清淨。

所以「**空方丈，散花何礙**」，是生活上有妳的陪伴，精神上有妳的支持，我們沒有男女欲望的罣礙，彼此自在。而朝雲依然很美。

「**朱脣箸點，更髻鬟生彩。**」箸點，竹筷子點一下，形容朝雲小巧紅潤的雙脣。而朝雲的秀髮仍是「**髻鬟生彩**」，高高梳起的頭髮，又烏黑又亮麗。朱脣黑髮，都是青春的容顏，紅嘟嘟的小嘴，烏溜溜的秀髮。這一年朝雲虛歲才三十三歲。

「**這些箇，千生萬生只在。**」從朝雲來到東坡家，十一歲到目前三十三歲，容顏幾乎沒什麼變化，還是那麼美好。妳的美，彷彿永恆不變，青春永駐，而我可以就這麼一直看著妳，繼續愛妳千生萬世。

「**好事心腸，著人情態。**」朝雲不但人美，心也美，神態更美。熱心善良，是她最打動人的地方。

「**閒窗下，斂雲凝黛。**」窗下明亮，所以安置了梳妝臺。即便無事，朝雲每天也會打扮得端莊美好。頭髮梳得一絲不苟，眉毛認眞描畫，一筆不差，匀稱而有型。身爲如夫人，美麗是一種責任。而東坡每天晨起或歸來，常常會在朝雲的窗外，先站一會兒，欣賞一下屋裡的朝雲，於是窗框裡的朝雲，便像是一幅美人圖。

「**明朝端午，待學紉蘭爲佩。**」把蘭花草編成環佩，戴在身上，這既是閒居生活的小情趣，又暗含〈離騷〉的典故：「**紉秋蘭以爲佩。**」表示朝雲，除了美麗之外，還有著高潔的品格。

「**尋一首好詩，要書裙帶。**」

美女將詩寫在裙帶上，有個淒美的典故。

韓熙載是五代時期的政治家，也是有名的畫家。有一回他受託為人寫〈神道碑〉（即立在墓碑前，為死者歌功頌德的文章）。委託人不但送給韓熙載很多寶貝作為潤筆、稿費，還送上一名美女。

韓熙載接受了禮物及這位美女，但韓熙載的文章，既不歌功也不頌德，只寫了一些尋常套語而已。委託人看了很不滿意，原書封還，退稿，意思是要韓熙載再改一改。但是韓熙載很有個性，他不改。把所有的禮物連同美女，如數打包，全部退還。

而這位被退貨的美人，在登車離去的時候，寫了一首詩在衣帶上：

風柳搖擺無定枝，陽臺雲雨夢中歸。
他年蓬島音塵斷，留取尊前舊舞衣。

「風柳搖擺無定枝」，我像風中的楊柳枝條，隨風擺弄，不由自主，被你們這裡送過來，那裡送過去。

「陽臺雲雨夢中歸」，原本以爲可以從此與你朝朝暮暮，陽臺雲雨。沒想到這是一場春夢，醒得太倉促！

「他年蓬島音塵斷」，我離開後，隨著歲月悠悠，再不能有您的消息。

「留取尊前舊舞衣」，我有意留下一件舊舞衣不帶走，只希望你不要忘記，生命裡曾經有過短暫的我。

看到這裡，可知這位美人她是眞心愛上韓熙載了。從來最難消受美人恩。然而這女子，卻在兩個男人之間被送來送去，沒有一個是愛她的。而她卻眞誠的愛了，愛而被棄，沒有一句怨言，只留下她的多情。

東坡以這個典故來表示，韓熙載不懂得珍惜的深情，我東坡是懂得的。

「明朝端午，待學紉蘭爲佩。尋一首好詩，要書裙帶。」明天端午節，我的朝雲她要去學編花環，做佩飾，她還要在裙帶上爲我寫一首情詩。

從這闋詞可見，東坡很珍惜有朝雲陪在身邊。東坡說她清淨如天女，能與東坡以修道互勉，她仍然青春美麗，善良端莊，品性高潔，又有情趣，還對東坡一往情深。如此看來，幾乎是最完美的伴侶了。

同是端午前夕，東坡還爲朝雲寫了另一闋詞〈浣溪紗〉：

輕汗微微透碧紈，明朝端午浴芳蘭。
流香漲膩滿晴川。
彩線輕纏紅玉臂，小符斜挂綠雲鬟。
佳人相見一千年。

這是東坡在惠州的第一個端午。朝雲穿著綠色的薄綢，是最透氣夏涼的絲織品，但朝雲還是讓汗溼透了。

雖然詩說，輕汗微微溼透，但如果衣服已是肉眼可見的汗溼，往往人已是汗流浹背了。現代美人在運動後汗流浹背，是健康美，但古代美人在汗流浹背的同時，還要維持持著端整的妝容與儀態，可能比較辛苦。東坡看了也是心疼，所以安慰說，「**明朝端午浴芳蘭**」，明天就可以好好的泡個香草浴了。

為了紀念屈原，屈原說「**浴蘭湯兮沐芳**」，所以古人在端午節有用蘭花或香草泡澡的習俗。而美人泡澡，洗香草浴是最賞心悅目的旖旎畫面。

「**流香漲膩滿晴川**」，以誇飾法來描寫美人洗澡的動靜有多大。典故來自於杜牧的〈阿房宮賦〉：「**渭流漲膩，棄脂水也。**」杜牧的想像，水漲渭河，流水上還浮著一層香膩的油脂，怎麼回事呢？原來是阿房宮流出來的卸妝水，後宮佳麗三千的卸妝水，能讓渭河水漲，這是在形容阿房宮的美女如雲。

東坡則想像，順著滿晴川的流香漲膩，逆流而上，溯源起來，竟是一幅美人出浴圖。朝雲洗浴過的洗澡水，帶著蘭花香，脂粉香，女人香……即將「香滿陽光下的小河川」：「**流香漲膩滿晴川**」。而更深情的意思還可以是，朝雲一個人，實際勝過阿房宮美女無數。

「**彩線輕纏紅玉臂**」，用彩色絲線綁在手臂上，是古代風俗，用來祈求健康。**紅玉臂**，形容白裡透紅的纖細手臂。在《西京雜記》裡說，趙飛燕和妹妹趙合德，兩人膚色皆如同紅玉。唐代〈夜宴曲〉也說：「**酒入四肢紅玉軟**」。皆是美人體態。

「**小符斜挂綠雲鬟**」，也是端午的習俗，要把紅色的靈符，掛在胸前，據說可以防避兵災。而朝雲很俏皮的，沒把小符戴在胸口，而戴在頭髮上。她把小符當吊飾掛在髮髻上，別出心裁，俏皮可愛。

「佳人相見一千年」，東坡眞喜歡這樣可愛的朝雲，希望可以永遠這樣相互依偎，互相扶持，一直一直生活在一起。「佳人相見一千年」，簡單說就是，看妳千年也不厭倦。

看到這裡不禁有個想法，東坡在惠州之所以捨佛而求道，就是爲了想和朝雲更有時間長相廝守。

東坡的求道，實踐方法之一是煉丹。而朝雲的汗透碧綢，色如紅玉，會不會就是服食丹藥的結果呢？

三、東坡煉丹

東坡剛到惠州不久，便在〈樂天燒丹〉一文中寫道：「樂天作廬山草堂，蓋亦燒丹也，欲成而爐鼎敗。來日，忠州刺史除書到。乃知世間、出世間事，不兩立也。」白居易在江州當司馬時，也曾在廬山草堂試著煉丹，在丹藥快要煉成的關鍵時刻，卻全燒壞了。隔天，白居易就收到升官的消息，被任命為忠州州長。再隔年，白居易被調回長安，從此仕途順遂，直到退休，終老洛陽。東坡說「及知世間、出世間事，不兩立」：因此知道世間名利雙收的時候，不是求道的時機。

佛教認為天人和神仙都還在輪迴裡，都屬於世間。唯有解脫輪

迴，才是出世間。東坡卻將煉丹成仙當作出世間事，顯然有違當初蒲澗寺信長老的提醒。（見頁一四〇）

「僕有此志久矣，而終無成者，亦以世間事未敗故也。今日眞敗矣，《書》曰：『民之所欲，天必從也。』信而有徵。」

東坡說他有意要煉丹已經很久，一直沒結果，應該也是被世間的成功給羈絆了。而今算是眞敗得一塌糊塗，這大約是天要從人願，滿了我求道煉丹的心願。

於是一向勇於實踐的東坡，眞的開始照著古書煉丹。東坡給道士何德順的回信說：「辱書，並《抱朴子》小神丹方，極感眞意。此不難修制，當即服餌。」由此可見，東坡眞的在煉丹服食。

東坡在一封信中，向表哥程之才要三樣東西：松脂、硫黃、鐵爐。信中更明言：「**舶上硫黃如不難得，亦告爲買通明者數斤，欲以合藥散。**」「**欲以合藥散**」，就是要當煉丹的材料。此外，東坡還不只一次向表哥要丹砂，信中說：「**續寄丹砂已領。**」又說：「**直欲以此砂試煮煉。**」然而將丹砂和硫黃一起提煉，會變成硫化汞。而硫化汞中毒，皮膚會變薄而紅潤。不禁令人聯想到朝雲白裡泛紅的四肢（紅玉臂）以及汗透衣衫等症兆，會不會跟服食丹藥有關？猶記得在黃州時，也是夏天，東坡寫美人是「**冰肌玉骨，自清涼無汗**」，而今的美人卻是「**輕汗透碧紈**」，汗流浹背。

東坡自己服食丹藥的結果則是，在紹聖二年的夏天，痔瘡大發作。他在〈藥誦〉中提到：「**舊苦痔，至是大作，呻呼幾百日。……道士教吾去滋味，絕薰血，以清淨勝之。痔有蟲館於吾**

後，滋味薰血，既以自養，亦以養蟲。」當時有道士告訴東坡，痔瘡是因爲屁眼長蟲，所以教他節食到幾近斷食，理由是蟲如果沒得吃，就會離開。而李一冰先生認爲，造成東坡痔瘡大爆發的原因應該是服食丹藥，因爲太燥。其實不只是太燥，還有重金屬中毒的問題。榮總的中醫師即認爲，痔瘡不是直腸的問題，而是肝毒的問題。

但以幾近斷食的方法，東坡的病痔直到秋天才稍微改善。

多年後換章惇貶謫嶺南，東坡以書信告誡之：「丞相知養內外丹久矣，……然只可自內養丹，切不可服外物也！……戒之！戒之！」「自內養丹」指打坐靜觀，「服外物」即外服神丹。從東坡的殷殷告誡看來，他後來應該也是覺悟到那些丹藥是不可行的。

四、朝雲生日

紹聖三年春天，東坡在朝雲的生日會上發表了一篇致語口號。致語口號是專用於宮廷大宴的歌頌體裁，形式是一段駢文當致語，一首近體詩，當口號。致語口號通常用於皇帝、皇后、太后，或皇帝寵妃的生日會上。而東坡在偏鄉惠州的合江樓上，爲自己的愛妾王朝雲舉辦生日宴會，竟也特地大張旗鼓的用上致語口號，這樣的敬重與寵愛，是一般正妻也得不到的對待。

人中五日，知織女之暫來；海上三年，喜花枝之未老。事協紫衔之夢，歡傾白髮之兒。好人相逢，一杯徑醉。伏以某人女郎，蒼梧仙裔，南海貢餘。憐謝端之早孤，潛炊相助；嘆張鎬之沒興，遇酒輒歡。采楊梅而朝飛，擘青蓮而暮返。長新玉女之年貌，未厭金膏之掃除。萬里乘桴，已慕仲尼而航海；五絲繡鳳，將從老子以俱仙。東坡居士，樽俎千峰，笙簧萬籟。聊設三山之湯餅，共傾九醞之仙醪。尋香而來，苒天風之引步；此興不淺，炯江月之升樓。

東坡這篇致語，不易閱讀，幾近句句用典，總共用了十六個典故，大部分在講仙女，或女道士，或煉丹成仙的故事。可見東坡有多麼希望朝雲可以長生不老，永遠陪伴在身邊。一般人寫文章，不建議這麼寫的，這樣寫，有點不體貼讀者。東坡正常也不是這麼寫作的。但這篇比較特別，東坡既是丈夫，同時也是朝雲的老師，這是他們琴瑟和鳴的特殊情趣。別人看了會累的，卻是屬於他們夫婦倆的樂趣。

通篇的典故是東坡對朝雲飽讀詩書的信心，朝雲大概是東坡的第一得意女學生。這篇駢文致語，在此不一一講解，只挑兩句簡單說一下：

「**海上三年，喜花枝之未老。**」惠州靠海，所以說海上，這是他們來到惠州的第三年，好在海風雖滄桑，並沒有吹老了朝雲如花的容顏。

他們在紹聖元年十月來到惠州，現在是紹聖三年的春天，實際來講，在惠州的生活，並不滿兩年。

「萬里乘桴，已慕仲尼而航海。」典故出自《論語》。子曰：**「道不行，乘桴浮于海。從我者其由與？」**孔子說，如果不能實踐我的理想，那麼就讓我坐船漂流到海上吧！如果我要去海上漂流，跟我走的，大概會是子路吧。

東坡這裡以朝雲比喻子路，仲尼比喻自己。表示朝雲是東坡最忠實的支持者、好學生，而且已經伴隨著東坡來到萬里之外的海邊，更勝子路。

「東坡居士，樽俎千峰，笙簧萬籟。」我用惠州的一千座山峰當酒杯，向妳敬酒；用惠州大自然的天籟當交響樂，爲妳慶生。

「此興不淺，炯江月之升樓。」這個生日會的興致高昂，從白天慶祝到夜晚，直到月亮高高的升到了天上。

接著一首七言律詩，作爲生日宴的口號：

羅浮山下已三春，松筍穿階晝掩門。
太白猶逃水仙洞，紫簫來問玉華君。
天容水色聊同夜，髮澤膚光自鑒人。
萬户春風爲子壽，坐看滄海起揚塵。

這首律詩，是口號的內容，依然充滿了典故。

紹聖三年春，雖然剛過了來惠州的第三個年，但春天只是第二個春天，因爲元年他們是初冬才到的，這應該是他們在惠州的第二個春天，爲什麼東坡卻說「羅浮山下已三春」？一向對於時間記錄挺精準的東坡，為什麼在惠州明明不到兩年的時間，卻要強調已經過去三個春天了呢？

東坡精通《易經》，有可能他從占卜中看到了朝雲沒法活過在惠州的第三個春天，所以他才故意要說，已經過去三個春天了，希望能幫朝雲度過這個劫數。就好像長輩都不過尾數是九的生日，好像九是一般人的關卡，所以往往六十九歲就說七十歲，七十九歲就說八十歲，以此避開可能是關卡的年歲。而東坡之所以積極煉丹，也可能正是為了要幫朝雲度過三春之劫？

「羅浮山下已三春」，羅浮山距離惠州大約三十五公里，並不近，但在合江樓上視野遼闊，可以遠望羅浮山，所以說自己像是住在羅浮山下。

「**松筍穿階晝掩門**」用到《太平廣記》中關於樊夫人的典故。

樊夫人，是東漢一個小縣令劉綱的妻子。夫妻兩人都會法術，而且常常鬥法，還常常是樊夫人勝出。某一天，眾目睽睽之下，兩人先後升天而去。

時間從東漢來到了唐朝。樊夫人化身為湖南地方一個老婦人，隱居民間，常寫一些咒語為鄉親治病，受到鄉人的尊敬。這位老婦人的形象是「**鬢翠如雲，肥潔如雪**」。頭髮又黑又茂密，身材白白胖胖的。

偶然的機會，老婦人看到一位美麗的少女逍遙，十六歲，正在採菊花。而少女一見老婦人，便目不轉睛的看著老婦人，像定住似的，一動也不動。老婦人向少女說，妳是愛我的，願意跟我住嗎？少女逍遙欣然同意，做了老婦人的女弟子。後來逍遙的父母追來，要帶她回家，少女卻死也不回去。

東坡這是用少女逍遙來比喻朝雲。原文「**遇媪瞪視，足不能移**」、「**汝乃愛我**」都是比喻朝雲對東坡的愛是一見鍾情，始終不渝的。

後來，有一天，婦人向鄉人們說要去羅浮山辦事，把門鎖上，交代大家絕對不要去開。就這樣，婦人一離開就是三年。有些好奇的人，從戶外向院子裡頭張望，但見松樹苗和竹筍都長到門口的臺階上了。直到三年後，老婦人回來開門，才發現少女逍遙，一直呆坐在屋子裡。原文是「**扃其戶，小松迸筍而叢生堦砌**」，便是是東坡詩裡說的「**松筍穿階晝掩門**」。

東坡想表達，朝雲是逍遙一般的女弟子，義無反顧，寧死也要跟著東坡，是對他死心塌地，無比信任的女弟子。其次要說，他們來到羅浮山下也已經三年，跟著東坡的朝雲，獨處邊地的枯寂裡，從來無怨無悔。這第一個典故，講的是朝雲對東坡的愛。

此詩第二個典故，則講東坡對朝雲的愛。

「太白猶逃水仙洞」，典出自唐代的《獨異志》。秦滅六國那時候，天上的太白星，趁亂偷走了織女星的侍女梁玉清，逃到一個山洞裡，躲了四十六天不出來。因此天上有四十六天的時間沒有太白星。天帝怒了，派出五嶽的山神搜捕太白星歸位。這個故事裡，太白星竟然爲了愛情，捨棄了遼闊的天空，天上不住了，寧願躲到荒山隱密的少仙洞裡，只爲與情人相守。（但東坡詩裡，少仙洞變成了水仙洞？可能是傳抄中被抄錯了，也可能是因爲詩仙李太白，溺水而死，東坡把詩仙太白當成太白星，故其洞穴稱爲水仙洞。）這是天上太白星帶著愛人，織女的侍女，躲到山洞裡的故事。

朝雲原來是夫人王潤之的侍女，也是侍兒出身。所以東坡這是在告白說，我也會願意爲了妳，放棄所有的身分，只要能和妳在一起，與妳相守，這萬里的貶謫就是値得的了。東坡這是在表白，對朝雲的愛，如同太白星對待梁玉清，有一種不惜逃離天界，也要在一起的勇氣。

「**紫簫來問玉華君**。」《太平廣記》裡，玉皇大帝的侍女玉華君，在人間化名崔少玄，嫁給凡夫盧陲，但盧陲並不知道妻子是仙女。直到有一天，盧陲在福建做官，路過建溪，遠望武夷山時，忽然看到從東邊的山上飛下來一朵綠色的雲，雲中有一位穿著華麗的神仙，問盧陲說，玉華君來了嗎？盧陲奇怪的回問，誰是玉華君？

神仙說，你的妻子就是玉華君。

盧陲回去告訴妻子這件事。妻子說，這是紫霄元君來接我了。才向盧陲說明，自己本是女神，因爲一念凡心動，貶謫人間，才成爲他的妻子。

五代韋莊有一闋詞也用到這個典故：「**香滿衣，雲滿路，鸞鳳繞身飛舞。霓旌絳節一群群，引見玉華君。**」

東坡用這個典故，想說明的是，妳是天上動了凡心而貶謫人間的仙女，我才有幸擁有妳在我的身邊。

「**天容水色聊同夜**」，引用歐陽修的詞：「**天容水色西湖好，……風清月白偏宜夜。**」

「髮澤膚光自鑒人」 套用《左傳》提到的遠古美女，頭髮烏黑亮麗，閃閃動人；肌膚勝雪，光滑照人。

以上兩句詩是形容朝雲生日這一天，夜晚和白天同樣的美好，而其間最美好的就是朝雲。

「萬户春風爲子壽」，惠州家家戶戶都會釀酒，酒名叫做萬家春。在這大好的春光裡，左鄰右舍，鄉親朋友們，大家都舉杯向朝雲敬酒祝壽。

「坐看滄海起揚塵。」 典故來自葛洪《神仙傳》裡兩位神仙的對話，一位是女神麻姑，一位是男神王遠，字方平。

女神麻姑說：「我自從位列仙班以來，已經看過三回滄海變作桑田。剛才到蓬萊島去，發現海水又淺了一半，難道滄海又要變作山地了嗎？」

男神王遠笑答：「聖人也都說，大海又要揚起塵土了。」

滄海作桑田可以算是**水窮**時，東坡將《神仙傳》的故事，結合了「**行到水窮處**，**坐看雲起時**」的詩意，只有神仙可以幾度笑看滄海桑田。於是東坡「**坐看滄海起揚塵**」便成了祝願。祝願我倆，無論走到哪裡都能長壽似神仙，活得好好的，一起靜觀世事的變化。

東坡與朝雲的關係，大大超出了主僕的關係、丈夫與侍妾的感情，是同志疊加夫妻的深厚情誼，也是東坡生活上的精神支柱。

東坡曾說自己已經三世當過出家人，但爲什麼到惠州之後，不是潛心修佛，而是致力於煉丹呢？是不是因爲對朝雲愈來愈多的愛戀，希望恩愛的時間可以更久一點，再更久一點呢？

然而朝雲卻在這一年的秋天過世了。

《入菩薩行》：「未遇則不喜，不能入等至。縱見不知足，如昔因愛苦。」

如果沒有遇到眞愛，會覺得很遺憾，心裡定不下來。然而就算見到了眞愛，還是會覺得怎麼樣愛都愛不夠，就算陪你百年千年，還是覺得愛不夠，就像當初愛不到的時候一樣苦。而每個人在輪迴裡已經無數次這樣反反覆覆爲愛所苦了。

五、病朝雲

東坡有一闋詞〈三部樂〉，在《樂府編年》裡，屬於未編年，寫作時間不詳。但是，詞中有句「何事散花卻病，維摩無疾」，推敲詞意，應是寫在惠州朝雲生病之後，過世之前。因爲自來惠州，東坡曾在〈朝雲詩〉中形容朝雲是散花天女，陪伴著像維摩詰居士的自己，詩裡說「天女維摩總解禪，不作巫陽雲雨仙。」另外在〈殢人嬌·贈朝雲〉的詞裡，也有同樣的類比：「白髮蒼顏，正是維摩境界。空方丈，散花何礙。」因此，姑且可將這闋詞看作東坡眼裡，病中的朝雲。

美人如月，乍見掩暮雲，更增妍絕。
算應無恨，安用陰晴圓缺。
嬌甚空只成愁，待下床又懶，未語先咽。

數日不來，落盡一庭紅葉。
今朝置酒強起，問爲誰減動，一分香雪。
何事散花卻病，維摩無疾。
卻低眉，慘然不答。唱金縷，一聲怨切。
堪折便折。且惜取年少花發。

首句「美人如月，乍見掩暮雲，更增妍絕。」可能是東坡在回憶兩人的初相見。當年東坡是杭州的青年通判，朝雲是窮人家十一歲的女兒，因爲家裡生活不下去，賣給東坡家王夫人當侍女，以換取全家人能活下去的生計。「美人如月，乍見掩暮雲」，如同一輪明麗的皓月，躲在暮雲的後面。這是比喻，最初見到小朝雲時，她羞怯的躲在母親的身後。（暮雲，相對於朝雲，是不是剛好可以比喻朝雲的母親。）小小朝雲，從母親的身後好奇的探出小腦袋來，偷偷的看向主人家王夫人和東坡。東坡形容說「**美人如月。乍見掩暮雲，更增妍絕。**」小小年紀已經難掩明麗動人的美女本色。

「**算應無恨，安用陰晴圓缺？**」算來我倆能在一起，已經是沒有遺憾了，又何需爲陰晴圓缺的世事多變而悲歎呢？

「**嬌甚空只成愁，待下床又懶，未語先咽。**」這裡將朝雲病體嬌弱的模樣，形容得唯妙唯肖，她不是不想下床，她不是不想健康起來，是力不從心，她爲這不爭氣的身體，難過到哽咽的說不出話來。

「**數日不來，落盡一庭紅葉。**」從朝雲生病以後，東坡總是陪在朝雲身邊，好幾天不曾走動到院子裡，不知不覺已經滿庭落葉堆積，更顯滄桑與空虛。白居易〈長恨歌〉「**落葉滿階紅不掃**」，說的也是空庭落葉的寂寥蕭瑟。

而這一天爲什麼東坡有興致寫了這篇歌詞呢？因爲朝雲勉強下床，爲東坡簡單張羅了一桌酒席。東坡見她，穿的衣服變寬鬆了，臉都病得變更小了，忍不住說一句：「**問爲誰減動，一分香雪**」，是誰讓妳瘦成這個樣子的呢？

「**何事散花卻病，維摩無疾。**」年紀老的人是東坡我，應該病的人是我才對，怎麼會是清新如天女，年華正茂的妳呢？這裡大有寧願病的是我，來換回健康的妳，這樣的意思。

「卻低眉，慘然不答。唱〈金縷〉，一聲怨切。」朝雲這時唱〈金縷衣〉是什麼意思呢？爲什麼歌聲聽起來哀哀怨切呢？**「勸君惜取少年時，花開堪折直須折。」**她的意思應該是在交代東坡說，如果我眞的不行了，你一定要再找一個年輕的女孩來照顧你。**「堪折便折，且惜取年少花發」**，這是在交代東坡，別再拒絕願意照顧你的年輕女孩。

六十歲的東坡，想來還是充滿魅力的，願意跟隨他的女子一定不少。但是在朝雲走後，東坡選擇，從此孤獨終老。

六、朝雲之死

朝雲病故時，白鶴峰山居尚未建成，全家尚委身嘉祐寺。東坡為朝雲親作〈墓誌銘〉：

東坡先生侍妾曰朝雲，字子霞，姓王氏，錢塘人。敏而好義，事先生二十有三年，忠敬若一。紹聖三年七月壬辰，卒於惠州，年三十四。八月庚申，葬之豐湖之上，棲禪山寺之東南。

當時士大夫即使是正妻，往往也只有姓，沒有名，而朝雲身為侍妾，有名有姓，還有字，還有〈墓誌銘〉。東坡說她先以夫人侍女的身分，後以東坡侍妾的身分，先後照顧蘇東坡二十三年。東坡讚揚朝雲的品格是「**敏而好義，忠敬若一**」。當侍女或當侍妾，朝雲一致的品格是靈巧、熱心、忠誠、尊重。當美麗已煙消雲散時，一個人的人品與行誼，會叫人更長久的懷念她。

朝雲於紹聖三年七月五日過世，年紀才三十四歲。東坡於八月初三，朝雲逝後將近一個月的時間，才安葬她，表示葬禮的準備是隆重的。葬朝雲於豐湖旁，棲霞禪寺的東南，在一片松樹林中，一座佛塔旁邊。這個豐湖，後來被稱爲惠州西湖。

生子遁，未期而夭。蓋嘗從比丘尼義沖學佛法，亦粗識大意。且死，誦《金剛經》四句偈以絕。銘曰：

浮屠是瞻，伽藍是依。如汝宿心，惟佛之歸。

〈墓誌銘〉中東坡寫下朝雲的生平簡傳。她曾經有過一個孩子，不滿週歲就過世了。她曾經跟一位比丘尼義沖法師學過佛法。義沖法師是住在泗河流域的比丘尼。東坡不曾爲官泗水，每次都是路過，頂多住個幾天，所以朝雲跟在義沖法師身邊學習的時間不會太久，但當時書信往來是方便的，此後朝雲以函授的方式向義沖學習，也是可能的。

朝雲臨終的時候，唸的是《金剛經》的四句偈。在人生的最後一念，她還記得大乘經典很關鍵的四句偈：「**一切有爲法，如夢幻泡影，如露亦如電，應作如是觀。**」東坡把這件事記錄下來，表示他有信心，朝雲必定往生善處。最後東坡寫了四句銘文：「**浮屠是瞻，伽藍是依。如汝宿心，惟佛之歸。**」

妳最後安息的地方是佛寺，能看得見佛塔。如妳所願，成全了妳一向想要皈依佛陀的心願。

東坡寫給李端叔的信裡再次提到：「**朝雲……臨去，誦〈六如偈〉以絕。**」一切有爲法，如夢，如幻，如泡，如影，如露，如電，所以說是六如。

棲禪寺的僧眾，自動集資，在朝雲墓上，搭建一座涼亭，叫做「六如亭」。可見朝雲在惠州是很稱職的如夫人，爲東坡打理了不少事情，包括社會公益，惠州人也愛屋及烏，送她一座涼亭，以表敬意。

在古代，朝雲作爲妾室所受到的尊重，算得上是空前絕後的，可說是千古第一妾。

傳說中，東坡在六如亭上寫過一對楹聯：「**不合時宜，惟有朝雲能識我；獨彈古調，每逢暮雨倍思卿。**」歷代以來，朝雲墓不斷的被維護與翻修。現在可以看到的楹聯，是一九八四年重修，陳維所題的：

從南海來時，經卷藥爐，百尺江樓飛柳絮。
自東坡去後，夜燈仙塔，一亭湖月冷梅花。

這幅對聯寫得很到位，所用詞語，幾乎都可從東坡爲朝雲寫的詩詞中找到對應，對仗也相當工整。

七、悼朝雲

東坡來到惠州的時間是紹聖元年十月，隔月，東坡就作了〈朝雲詩〉，盛讚朝雲萬里相隨的義氣，詩中說今後的新生活計畫重點在養生，要長長久久的在一起。沒想到不到兩年的時間，朝雲就永遠離開了他。在安葬朝雲之後，東坡以〈朝雲詩〉同樣的韻腳，再作一首詩，〈悼朝雲〉。

詩序中說：「**葬之棲禪寺松林中東南，直大聖塔。**」大聖塔，又叫做泗州塔，供奉的是唐代泗州大聖僧伽和尚，從西域來的高僧。而朝雲的師父也是泗州的法師，義淨比丘尼。所以將朝雲葬在泗州大聖的舍利塔附近，對朝雲而言，是很適合的好風水。

據說現存的泗州塔有兩座，一座在河南，一座在惠州。埋葬朝雲的地方，是惠州可以看見泗州塔的地方。

苗而不秀豈其天？不使童烏與我玄。
駐景恨無千歲藥，贈行惟有小乘禪。
傷心一念償前債，彈指三生斷後緣。
歸臥竹根無遠近，夜燈勤禮塔中仙。

南北朝．庾信在追悼自己已經夭折的孩子們時，寫了〈傷心賦〉：「**苗而不秀，……何痛如之。……追悼前亡，唯覺傷心。**」苗而不秀，發芽卻不開花，比喻孩子生了，卻長不大。

揚雄《法言》：「**育而不苗者，吾家之童烏乎？九齡而與我玄文。**」

童烏，是揚雄的兒子，九歲就能與父親揚雄討論玄文，是個天才兒童，卻養不大，早早過世了。

「**苗而不秀豈其夭？不使童烏與我玄。**」這是在悲朝雲，生的兒子不到百日就夭折了，夭折在東坡奔波仕途的旅途中，比揚雄的兒子還不如。揚雄的兒子至少還活到九歲，父子倆還討論過文章。而我們的兒子，連講話的機會都沒有，這是東坡和朝雲共同的痛。

「苗而不秀豈其天？」這難道是天意嗎？

「駐景恨無千歲藥。」駐景丸，中藥名。東坡用這個名詞，是取其字面上的意思。有句話說，漂亮的女人是城市裡最美的風景。東坡用**「駐景」**的意思是，想留住妳這片風景在人間，但又**「恨無千歲藥」**，我恨沒有仙藥可以留住妳長命千歲。連長命百歲，東坡都覺得不夠，要長命千歲！然而朝雲只有享年三十四歲。

「贈行惟有小乘禪。」朝雲臨終所誦〈六如偈〉出自《金剛經》，《金剛經》屬於大乘經典，不是小乘。小乘的目標在於自我解脫，大乘的精髓在於**「爲度有情願成佛」**。所以東坡說**「贈行惟有小乘禪」**，意思不在於朝雲臨終所誦偈，而在於死別的時候，我度不了妳，妳也度不了我。妳無法帶我走，我也留不住妳，只能妳走妳的，我活我的。誰也度不了誰。說的是一種無能為力的，無法相隨相度的悲痛。

「**傷心一念償前債，彈指三生斷後緣。**」有句話說，討債還債，無債不來。於是東坡說，妳這輩子為我一生操勞，大約是上輩子欠我的，如今已經還完了。而我這輩子欠妳的，就用我現在的悲痛與傷心來償還吧，如此我們之間已經兩清了。債務兩清的結果就是「**斷後緣**」，來生來世不會再有羈絆的因緣。

三生三世的恩愛，像彈指之間，過得那麼快，恩愛總是過得太快，而離別太苦。如今我們三生緣盡，誰也不欠誰了。不要再有後緣，相見無期。

東坡曾經用過一切努力，甚至煉丹求藥，就為了幫朝雲續命，然而天命不可違，朝雲還是過世了。為什麼不求來世再見，卻要說從此無緣呢？這是後怕，愛時有多深，別時就有多痛，就像《入菩薩行》說的：「**縱見不知足，如昔因愛苦。**」如果再相見，還是會再為愛別離所苦，因為無論愛多久，都會覺得不夠。

因此東坡說「**彈指三生斷後緣**」，沒有會合就沒有分離。因此立志輪迴裡不再相見了。這是多麼痛的領悟啊！可見朝雲的離世對東坡的打擊有多大，從此他都不敢再愛了。

「**歸臥竹根無遠近，夜燈勤禮塔中仙。**」東坡在朝雲墓前不知待了多久才回家去，由於傷心到恍神，也不知道走了多久，多晚才回到嘉祐寺，所以說「**歸臥竹根無遠近**」。到家後也睡不著，點上夜燈，殷勤向著泗州塔的方向，向僧伽大聖頂禮禮拜。而泗州塔的方向就是朝雲墓的方向。

朝雲過世兩個月後，時間來到九九重陽，東坡的心情還沒有平復。在地的朋友們都很關心他，都想找他出來喝一杯，但是東坡沒有心情，雖然被勉強出來與會，又被勉強寫詩，卻很任性的，粗魯的，沒有禮貌的，前所未有的，寫了的詩是亂抱怨一通。

朋友來約他過重陽，他說我是「**窮途不擇友，過眼如亂雲。**」我人在冏途，到底交了些什麼亂七八糟的朋友啊，只會來煩我，給我添亂。

朋友勸他出門走走看看，他說有什麼好走好看的？「**蠻菊秋未花，惟有黃茅浪**」，在這個野蠻的地方，都秋天了，菊花還不開，出門也沒什麼好看的，一片如浪的黃茅草而已。

朋友約他喝酒，他說，給我喝這什麼爛酒啊！「**蜜酒蘗眾毒，酸甜如梨樝**。」用什麼毒酵母釀的，味道酸得像鳥梨仔一樣，難喝！東坡嫌東嫌西的，又再問說「**何以侑一樽？**」有什麼下酒菜嗎？鄰居趕緊把他家最好吃的食物給送過來，什麼食物呢？「**鄰舍饋蛙蛇**。」青蛙和蛇，這是當時當地人的上等美食，但東坡看了都傻眼了，只能歎口氣，說不出話來了。算了，他說「**亦復強取醉**」，我就勉強把酒喝了吧，「**歡謠雜悲嗟**」，用你們快樂的歌謠，藏起我悲痛的歎息。

有時候，有些事，我們心裡真的放不下，過不去，這時候朋友就很重要，能寬容你，讓你任性的發洩一頓，最好你就大哭一場，讓那個情緒過去，才不會悶出病來。還好東坡最不缺的就是朋友。

發洩過後，東坡也知道自己不對。開始正常的敘述了：

今年籲惡歲，僵仆如亂麻。
此會我雖健，狂風卷朝霞。
使我如霜月，孤光挂天涯。
西湖不欲往，墓樹號寒鴉。

「今年籲惡歲，僵仆如亂麻。」今年真不是個好年，壞透了，是個惡歲，心亂如麻的我，只想整天臥倒在床。

「此會我雖健，狂風卷朝霞。」朝霞就是朝雲。狂風摧殘了、搶走了我生命中最後的短暫美好。現在的我雖然看起來還算健康，但我的朝雲已經死了，我彷彿也成了行屍走肉。

「**使我如霜月，孤光挂天涯**」，令我如同又冷又寂寞的天上月，孤伶伶的掛在遠方，無依無靠，沒有一點歸屬感。

朝雲在的時候，即使是遠方，也有歸屬感，有妳在的地方，哪裡都是家。而朝雲走了，獨在異鄉，頓時找不到歸屬感。「**使我如霜月，孤光挂天涯**」，可以想見，詩寫到這裡，東坡應該是哭了。

「**西湖不欲往，墓（暮）樹號寒鴉。**」西湖本來是東坡最喜歡去散步的地方，曾經有詩「**夢想平生消未盡，滿林煙月到西湖。**」但現在卻成了東坡最觸景傷情的地方。西湖邊的烏鴉，叫聲太淒涼，更加深了東坡心境的悲涼。

八、憶朝雲

重陽節的同一個月，紹聖三年九月。東坡寫詩〈縱筆〉，意思是提筆隨便寫寫：

白頭蕭散滿霜風，小閣藤床寄病容。
報道先生春睡美，道人輕打五更鐘。

大部分人讀這首詩，只看見東坡說「春睡美」，就以爲東坡眞的睡得很好，那實在是大大的誤會，因爲東坡根本沒睡。他只是「僵仆如亂麻」，乾躺在床上，憂鬱的不想動。

大家只看到「春睡美」，卻忽略了「寄病容」，更沒發現，東坡根本沒睡，是醒著的，不然，怎麼能聽得見小和尚們壓低了聲音的耳語呢？

文學史上眞該重新審視，從頭看一遍這首詩：

「白頭蕭散滿霜風」，滿頭散亂的白髮，滿面滄桑的風霜。

「小閣藤床寄病容」，病容憔悴的東坡躺在寺院的小屋裡，在黑暗中瞪著眼睛。

「報道先生春睡美，道人輕打五更鐘。」這時床上的東坡，聽見打更報時的小和尚壓低聲音，提醒夥伴說，打更的聲音輕一點，別吵醒了東坡先生睡覺。

既然東坡能聽得清楚小和尚壓低的耳語，表示人是清醒著的，只是僵臥著，沒有心情起床。卻也很感動於兩位小和尚的善良體貼，於是起來寫了這首小詩。你以爲他要說的是**春睡美**嗎？其實他要說的是，嘉祐寺的和尚們對他很好啊，小和尚是這麼的善良體貼！

羅曼羅蘭說：「**世界上只有一種眞正的英雄主義，就是在認識生命的眞相後，還依然熱愛生活**。」然而英雄的知己太少，大部分的人，沒能看到東坡眞正悲傷的懷抱，只看到**春睡美**，就以爲他的生活安穩如意了。因此才會有故事說，章惇就因爲看到這首詩，以爲東坡在惠州還過挺爽的，才再貶他到海南島去。

在這個沒有朝雲的第一個冬天，東坡作〈西江月．**梅花詞**〉，追憶朝雲，並言明**情已空**，**夢不再**，朝雲無可取代。

玉骨那愁瘴霧，冰姿自有仙風。
海仙時遣探芳叢，倒掛綠毛么鳳。
素面常嫌粉涴，洗妝不褪脣紅。
高情已逐曉雲空，不與梨花同夢。

字字句句看似在講梅花，實則都在悼念朝雲。

「玉骨那愁瘴霧」，梅花高貴的骨氣，不怕瘴霧，盛開在這裡，就像朝雲一樣，一身高貴的骨氣，不怕瘴霧，隨我萬里南來惠州。瘴霧，是會讓人染疫的迷霧，有病毒的溼氣。

「冰姿自有仙風」，妳天生自帶冰清玉潔的道風，清新脫俗，如今果然成仙去了。

「海仙時遣探芳叢，倒掛綠毛么鳳。」

北方梅花開放的時候，正冰雪覆蓋大地，看不到鳥鵲，而惠州的梅花，開在充滿生機的環境裡，特別顯出嶺南風情。

惠州有一種喜歡倒掛在梅樹上的綠色小鳥，叫倒掛子，又叫羅浮鳳，模樣顏色很像東坡小時候在四川老家院子裡的桐花鳳，只是個頭比桐花鳳小。東坡說，這看似海仙派來探望梅花的小鳳鳥，我知道其實是成仙的朝雲派遣來探望我的，才會模樣像極了我童年四川庭院裡的鳳鳥。

「素面常嫌粉涴，洗妝不褪脣紅。」素顏本來就又白又淨，上妝反而是一種汙染。而卸妝後的小嘴還是紅嘟嘟的，脣不點而紅。這一聯既是形容白梅的素淨，亦是形容朝雲生時的麗質與純潔。

「高情已逐曉雲空。」曉雲，就是朝雲，所有的高標傲世，所有美好高貴的情懷，都隨著朝雲一起消失了。

「不與梨花同夢。」東坡自注：「詩人王昌齡夢中作梅花詩。」

王昌齡〈梅詩〉：「落落漠漠路不分，夢中喚作梨花雲。」詩人在夢中，將梅花誤看成梨花，因爲白梅花跟梨花長得很像，而東坡說「不與梨花同夢」，我只夢梅花，不夢梨花。我不會錯看梅花與梨花，因爲我只愛梅花。不管誰再像妳，那也不是妳，除了妳，我誰都不要。

六十一歲的東坡，態度是這樣認眞的對待感情，亦信守此志，再無佳人。

宋・晁說之讀此東坡〈梅花詞〉的感想是：「**只爲古今人不曾道到此，須罰教遠去！**」意思是，只爲了寫出這闋古今沒人能寫得出的詞，東坡被罰遠去惠州是應該的。雖然晁說之的本意是在讚美東坡這闋詞寫得極好，但這種說法難免讓人覺得，這是站著說話不腰疼，受苦的不是你，才會說這種風涼話。

宋・王楙《野客叢書》評東坡梅詞：「**坡公道人所不能道之妙，奪天地造化之巧！**」

宋・胡仔《苕溪漁隱叢話・後集》：「**絕去筆墨畦徑間，直造古人不到處，眞可使人一唱而三歎。**」

明・楊愼《詞品》：「**古今梅詞，以坡仙綠毛么鳳爲第一。**」

不久之後，東坡家又失去一個廚娘，也沒有再找人代替。他在

〈與陳伯修書〉中說：「近又喪一庖婢，乃悟此事亦有分定，遂不復擇。」

從「悟此事亦有分定」看來，東坡並不是嬌弱的文人，而是意志堅強、生命力也堅強的大丈夫。

掌中書 033

看懂蘇東坡嶺南詩文【上】

作　　者 —— 林嘉雯
叢書企畫 —— 蘇美嬌
編輯主編 —— 黃文瓊
責任編輯 —— 吳雨潔
封面設計 —— 姚孝慈
出 版 者 —— 五南圖書出版股份有限公司
發 行 人 —— 楊榮川
總 經 理 —— 楊士清
總 編 輯 —— 楊秀麗
地　　址 —— 臺北市大安區 106 和平東路二段 339 號 4 樓
電　　話 —— 02-27055066（代表號）
傳　　眞 —— 02-27066100
劃撥帳號 —— 01068953
戶　　名 —— 五南圖書出版股份有限公司
網　　址 —— https://www.wunan.com.tw
電子郵件 —— wunan@wunan.com.tw
法律顧問 —— 林勝安律師
出版日期 —— 2025 年 2 月初版一刷
定　　價 —— 420 元

國家圖書館出版品預行編目資料

看懂蘇東坡嶺南詩文 / 林嘉雯著 . -- 初版 . -- 臺北市 :
五南圖書出版股份有限公司 , 2025.02
冊 ;　公分 . -- (掌中書 : 033-034)
ISBN 978-626-423-082-7(上冊 : 平裝). --
ISBN 978-626-423-083-4(下冊 : 平裝)

1.CST : (宋) 蘇軾　2.CST : 宋詩　3.CST : 詩評

851.4516　　113020126